당신과
함께라면
말이야

당신과
함께라면
말이야

1년차 새내기 남편
오상진의 일기

우리가 결혼을 했습니다

싱가포르 창이공항, 현지 시각 새벽 4시. 여긴 해가 빨리 뜨는지 창밖이 환하다. 공항 벤치에 기대앉아 발리행 비행기를 기다린다. 이른 아침의 공항은 환승하는 많은 이들로 분주했다. 지금 우리 누가 봐도 신혼여행 온 부부 같아 보이겠지?

내 어깨에 기대어 아내가 자고 있다. 좋다. 인생의 무게가 어깨 위로 살포시 느껴진다. 이젠 혼자가 아니야.

불과 몇 시간 전, 수많은 사람들에게 둘러싸여 축하를 받았던 일이 꿈만 같다. 순식간에 이곳으로 날아오고 나서야, 시간을 내어 식장을 찾아온 분들께 감사 인사를 잘 드린 걸까 걱정이 밀려온다. 음식은 잘 나갔을까. 지루하지 않고 즐거운 식이었을까.

지금껏 완벽히 준비된 무대에 올라가 쇼를 진행하기만 했었던 나. 기획과 연출 그리고 초대까지, 이 모든 일을 해내는 버거움을 이번에 제대로 느꼈다. 앞으로 결코 행사의 마이크를 허투루 잡진 못할 것 같다.

주례가 없는 독특한 형식을 흔쾌히 허락해주시고, 직접 축사까지 멋있게 소화해주신 두 아버님께 진심으로 감사하다. 나를 '동화 속 왕자님'

이라고 칭해주신 장인어른의 표현이 친구들 사이에선 '좋아요'와 '싫어요'가 무더기로 쏟아진 화제의 멘트가 되었다. 정작 난 긴장한 탓에 거의 귀에 들어오지 않았지만.

고개를 돌려 내 옆의 아내를 본다. 여기에 오기까지 수많은 일들을 이해해주고 또 힘이 되어준 사람. 그리고 앞으로도 그럴 사람. 우린 잘 살 수 있을까. 휴대전화를 켜니 공항에서 손을 흔들고 있는 우리의 사진과 기사들이 보인다. 무서워서 차마 댓글은 못 보겠다.

신혼여행은 무조건 휴양지로

여행을 떠나기 전, 부푼 마음을 품고 발리에서의 다양한 계획을 짰던 것이 무색할 정도로, 다음날 우리는 그냥 퍼져버렸다. 인생의 4대 퀘스트 관혼상제는 역시 쉬운 게 아니다. 모든 의욕을 잃어버린 채 우리 둘은 시체처럼 잠만 잤다.

여행이란 기본적으로 체력싸움이다. 옷을 차려입고, 손님을 맞이하며, 친구와 포옹하고, 친척들에게 큰절을 올리며 모든 것을 쏟아붓고 떠나온 직후, 배낭을 메고 지도를 펼쳐들며 유럽의 구도시를 헤매는 또다른 여정을 시작하는 것은 마치 산왕 경기를 치른 북산의 강백호에게 다음날 또 경기를 뛰라는 것과 같다. 결국 그들처럼 참패를 당할 수밖에 없지 않을까.

허기에 못 이겨 잠에서 깬 우린, 지척인 리조트의 레스토랑에도 나가지 못하고 룸서비스로 역사적인 결혼 후 첫 식사를 했다. 인도네시아니까 나시고랭과 빈탕맥주, 거기에 콤비네이션 피자에 새우칩을 추가했다.

맥주 한잔 마시고 한숨 돌려 정신을 차려보니 너무나 찬란한 풍경이 펼쳐졌다. 어제까지 보였던 미세먼지 가득한 하늘 대신, 정말로 UHD급의

14

공기다. 환한 햇살에 비친 나무와 바다 그리고 하얀 구름까지…….
'멍'을 잡고 망중한을 즐기다보니, 어느덧 해가 뉘엿뉘엿 저물기 시작한다. 리조트 내부를 찬찬히 산책했다. 발리의 바다는 에메랄드빛 산호초의 잔잔한 바다가 아니라 거센 파도가 밀려오는 웅장한 바다였다. 흡사동해 같다는 느낌을 받았다. 많은 동네 아이들이 삼삼오오 모여 해변 축구를 하고 있었다. 내게는 정말 먼 곳에 있는 이국의 휴양지이지만 이들에겐 집 앞 놀이터겠지.

아무튼 우리의 신혼여행은 이렇게 하루가 순삭되고서야 시작되었다.

먹고 '마시고' 사랑하라

리조트가 있는 짐바란 베이에서 차로 한 시간 정도 북쪽으로 올라가면 나오는 우붓. 이곳은 줄리아 로버츠가 '먹고 기도하고 사랑'했던 영화의 배경이다. 섬에서 가장 유명한 산촌. 리조트 가득한 해변과는 달리 발리 특유의 문화를 느낄 수 있는 아주 에스닉한 곳이다.

신혼여행의 둘째 날부터 난관이 찾아왔다. 몸이 말썽을 부린 것. 더운 날씨에 아침 일찍 일어나 무리를 했던지, 진하게 내린 아이스커피를 마시자 갑자기 가벼운 장염 증세가 찾아왔다. 속으론 아차 싶었다. 앞으로 먹으리라 계획했던 많은 음식들을 생각하니 눈물이 앞을 가릴 지경이었지만, 아내가 걱정할까봐 내색할 수가 없었다. 근처 약국에 가서 손짓 발짓을 하며 몰래 위장약을 사다 먹었다. 잦아들기를 바랄 뿐.

그건 그렇고 몽키 포레스트의 원숭이들은 참으로 인상적이었다. 방문객이 워낙 많은 이곳의 원숭이들은 반쯤 사람이라고 봐도 된다. 아니, 우리의 머리 꼭대기 위에 있다. 적당히 타협하고 원하는 바를 쟁취하는 방법을 알고 있는 녀석들이었다. 자연과 소통하는 울창한 태곳적의 밀림이라기보다는 이곳은 원숭이의 거대한 직장 같았다. 다들 내가 너에게

매너 있게 애교를 보여줄 테니 이쯤 되면 순순히 먹이를 내놓으시지, 하는 눈빛들이다. 손과 발은 재롱을 부리는데 표정은 매우 귀찮고 피곤해 보였다. '그래, 노동이란 건 동물들에게도 피곤한 법 아니겠어.' 힘들게 사는 영장류들끼리 돕자는 마음으로 기꺼이 음식들을 드리고 나왔다.

저녁은 타파스. 레스토랑 쿠카는 감히 말하건대 '장염에도 불구하고' 최고였다. 추억의 미드 〈베이워치 : SOS 해상 구조대〉의 주인공 데이비드 핫셀호프를 닮은 아저씨가 이곳에 정착해 오픈한 식당인데, 가신다면 주방이 보이는 바에 앉길 권한다. 주문이 들어올 때마다 메뉴를 외치는, 기합이 잔뜩 들어간 주방은 매우 역동적이었고 보기에도 즐거웠다. 무엇보다 음식이 맛있었다. 사장님이 테이블로 친히 와서 결혼 축배까지 함께 들었다.
식사를 마치고 밖으로 나오니, 후미진 골목이라 컴컴하고 조금은 무서웠다. 남편으로서의 위엄을 지키느라 티는 내지 않았다. 다행히 콜택시가 늦지 않게 와주었다.

아내가 비키니를 개시했다

그리 맑은 날씨가 아니어서 큰 수영장엔 우리 단둘뿐이었다. 비키니를 개시한 소영이는 내게 사진 촬영을 부탁했다.
"괜찮겠어? 내 사진 실력 알잖아."

나는 사진에 있어서 구도를 상당히 강조한다. 인간은 감각을 통해 느낄 수 있는 모든 정보를 우선적으로 처리한 뒤 중요한 부분은 두고 나머지 부분을 배경으로 처리한다고는 하지만, 나에게 사진 한 장은 그냥 보더라도 전체적으로 조화로운 실체, 좀 거창하게 말하면 형태미를 갖춘 하나의 게슈탈트여야 한다.
전체적인 아름다움을 통해 우리가 지각할 수 있는, 미적으로도 손색 없는 종합적인 형태를 만들어 깊은 인상을 남겨야만 그것이 진정한 사진이라고 할 수 있지 않을까 하는 것은 나의 생각이고, 아내는 배경이 어떻든 간에 결국 '나'만 잘 나오면 된다는 주장이다.
철저히 그 의견을 따르도록 한다. 나는 삶에서 사진보다도 중요한 것이 많다는 것을 잘 안다. 그녀의 기분, 심리, 마음 상태 뭐 그런 것들. 아무튼 발리의 하늘과 풍광을 잘 조화롭게 담아낸(짬짬이 시도는 해보았다) 나의 다양한 작품들은 휴대폰에서 지워져 무의식 저편으로 멀리멀리 떠나갔다.

나의 인식 체계 속에서 여기가 한강 수영장인지 발리인지 모를 몇 장 정도가 간신히 오케이를 받았다. 촬영이 종료된 순간, 참으로 기뻤다. 결혼이란 이렇게 서로 다른 두 영혼이 합의점을 찾아가는 것이겠지. 앞으로도 더 노력하겠습니다.

곧 익숙해질 거야

신혼여행의 두번째 장소는 스미냑. 발리는 인도네시아에서 가장 많은 사람이 거주하는 자바섬 바로 오른쪽에서 찾을 수 있다. 지도의 생김새는 마치 부리를 왼쪽으로 향한 암탉 같다. 섬 전체가 관광지로 유명하지만 해변의 리조트와 번화가는 주로 닭다리 쪽에 위치해 있다. 닭은 역시 다리인가요. 아무튼, 우리가 처음 묵었던 발등 쪽 짐바란 베이가 굉장히 조용한 시골마을이라면, 살이 가장 많이 붙은 허벅지쯤인 스미냑은 상당히 번화한 오랜 도심지다.

짐을 풀고 나니 새로 묵을 리조트의 인테리어가 마음에 쏙 들었다. 비교적 최근에 지어진 곳이라 시설도 깨끗했고 전체적으로 모던한 건축이 완전 취향저격. 어디 좋은 데 갈 때마다 매번 하는 말이지만, 나이가 들어 성공해 이런 주택을 지어 살면 참 좋을 것 같다고 소영에게 얘기했다. 고맙게도, 아파트를 선호하는 소영이는 이번에도 가볍게 흘려들어주었다. 쳇. 아무튼 난 석재나 금속보다는 나무가 압도적으로 좋다. 능력만 된다면 이 방을 그대로 집으로 옮겨가고 싶었다.

잠깐 시내 구경을 마친 뒤, 우리는 인피니티 풀에서 수영을 즐겼다. 어제보다 화창해진 날씨에 밖으로 나온 사람이 정말로 많았다. 한국 여행객들도 많아서 이 먼 곳에서 또 결혼 축하 인사를 받기도 했다. 아내보다 데뷔가 빨랐던지라 초면인 분들과 인사하는 것이 상대적으로 익숙한 나와는 달리 소영이는 적잖이 당황하는 모습이었다. 민낯으로 돌아다니기가 쑥스러우니 '조기 기상 후 메이크업 장착'을 다짐하였다.
"곧 익숙해질 거야."

우리는 미디어에 종사하는 여성의 애환에 대해 대화를 나누었다. 여성 방송인에게 개념 있고 소탈해야 함과 동시에 흐트러짐 없는 예쁨까지 요구하는 이 시대. 그간 가졌던 '나의 속편함에' 조금은 미안해졌다.

밤 늦게 집에 가지 않아도 된다는 것

발리에서의 마지막날이다. 오전에 우리 결혼식 사진들이 기사화되어 경황이 하나도 없었다. 회사 홍보팀에서는 결혼식과 관련된 이런저런 사진들로 기사가 나가기보다는 하나의 사진으로 전체 보도자료를 통일하는 게 낫다는 판단을 내렸고, 그래서 하객분들께는 가급적 사진을 공유하지 않기를 부탁드렸다. 식이 끝난 뒤 정식 이미지를 셀렉하고 후작업하며 홍보팀이 준비하고 있던 시점이었다.

아내가 많이 놀라고 또 속상해했다. 본인이야 그렇다지만 장인 장모님의 모습까지 그대로 공개가 되어 적잖이 당황한 모습. 나도 참 속이 상했다. 유포한 이는 내가 초대했던 하객이었다. 너무 미안했다. 하지만, 이미 벌어진 일이니 누굴 탓하기보다는 수습을 해야 했다. 부랴부랴 정식 이미지를 언론사에 보내고 인스타그램에도 올렸다.

평범하다고 생각해왔던 우리에게 주어진 관심의 무게가 느껴지는 시간을 보냈다.

"산책할까?"

기사의 노출이 잦거나 너무 관심을 즐기면 관종, 반대로 기사가 너무 없고 아무 관심도 받지 못하면 무플 연예인. 우리는 결혼이라는 큰 사건 속에서 이 아슬아슬한 담장 위를 어떻게 지나가야 할지 고민이었다. 어떤 반응을 보일지 모르는 대중 앞에 무언가 소식을 알려야 하는 것은 살떨리는 일이 아닐 수 없다.

무작정 손을 잡고 바깥공기를 쐬었다. 철썩거리는 파도 소리가 마음을 달래주었다. 시간이 지나니, 그래도 이 모든 관심이 감사하게 느껴졌다. 아내도 그렇다고 말했다. 백사장에 나란히 같이 서서 그림자를 보며 함께 웃었다.

이렇게 밤늦게 집에 돌아갈 생각 없이 도란도란 술잔을 기울이며 함께 얘기할 수 있는 시간. 이것이 허용된다는 것이 참 좋았다. 물에 반사된 조명이 아내의 탐스러운 볼에 아른거렸다.

"그래도 모든 관심은 너무나도 행복한 거 아니겠어?"
"맞아."

발리를 떠나 싱가포르로

싱가포르로 향한다. 이제 네 밤은 여기서 지낸다. 숙소는 가장 큰 번화가인 오차드로드에 위치한 곳. 현대적인 느낌은 덜하지만 잘 관리된 아늑한 느낌이 좋기는 했다. 뭐랄까, 유럽 귀족들의 향기가 진하게 배어나오는 호텔.

문제는 내게 부담을 주는 건물 구조. 통돌이 세탁기를 생각하시면 된다. 객실들이 동그랗게 둘러져 있고 가운데 있는 큰 기둥에는 엘리베이터가 설치되어 있었다. 그리고 각 층마다 객실로 가는 길은 구름다리로 연결된다.

어릴 때부터 나는 고소공포증이 매우 심했다. 여덟 살 때 2층 침대에서 떨어지는 사고로 팔꿈치 관절이 완전히 부서졌다. 세 차례의 수술을 받았고 다행히 경과가 좋아 지금까지 큰 문제는 없다. 그러나 이게 끝은 아니다. 그리고 4년 뒤, 동네에서 난 큰 화재. 슬프게도 나는 구조를 바라고 건물에서 뛰어내려 크게 다치는 사람을 목격하고 말았다. 지금까지도 그때의 장면과 소리가 잊히지 않는다. 그 두 번의 사건 이후, 높다는 것 자체는 내겐 엄청난 공포의 대상이다. 조금만 높은 데 올라가도 다리가 후들거려 서 있기조차 힘들다.

24

우리가 묵은 방은 10층. 구름다리를 천진난만하게 걸어가는 소영과는 달리, 난 기어가다시피 그곳을 지날 수밖에 없었다. 건축가가 원망스러웠다. 싱가포르에 높은 호텔을 지었던 그가 나와 같은 공포증을 가진 사람도 있다는 걸 알았으면 좋겠다. 겁이 많다고 놀려도 어쩔 수 없다. 난 아픈 거거든요.

번화가로 나오니, 엄청난 규모의 마천루들. 역사란 참 얄궂다. 한때는 말레이시아의 한 지방이었던 싱가포르. 하지만 라만이 이끄는 말레이시아 연방은 인종 갈등을 해결하겠다는 이유로 싱가포르주를 축출하기로 결정한다. 우리로 치면, 행정부의 주도하에 강원도나 경상도가 나라에서 쫓겨나는 일이 벌어진 것이다. 끝까지 간절하게 사람들을 설득해 화합하고 싶었던 리콴유는 결국, 1965년 싱가포르의 분리 독립을 선언한다. 이제 그들은 무엇도 돌아볼 겨를이 없었다. 열강의 세력 다툼과 거대 동남아시아 국가들 사이에서 자신의 살길을 모색해야만 했다. 그들은 이를 꽉 물었고, 모든 것을 포기하고 제쳐둔 채 발전과 비상을 위해 할 수 있는 모든 일을 하기 시작했다. 그리고 수십 년이 지난 싱가포르는 현재

아시다시피 동남아 유일의 국민소득 5만 불의 국가. 물론 요즘 말레이시아의 성장 속도도 만만치 않다.

싱가포르 역시 발전의 어두운 이면을 갖고 있으며 해결해야만 하는 숙제들을 안고 있다. 통제받는 국민의 행동과 언론의 자유 그리고 고위 공무원들의 부패나 양극화 문제 등을 해결하지 않는 한 존경할 만한 선진국으로서 인정받기는 쉽지 않을 것이다.

오차드로드를 내려와 아이온 쇼핑몰 앞 노점에서 아이스크림 샌드위치를 먹었다. 민트맛이 참 시원하고 달고 괜찮다. 소영이와 함께 보들보들한 커플 잠옷을 샀다. 우리는 싱가포르와 말레이와는 달리, 영원히 하나의 연방으로 잘 지낼 것이다. 오늘 저녁 같이 입고 자야지.

내 마음속 미슐랭 3스타

전 세계 최초의 스트리트 푸드 미슐랭 스타 레스토랑. 2017년 서울과 싱가포르에서 동시에 발표된 미슐랭 가이드는 그 어떤 메뉴도 2만 원이 넘지 않는 이 식당에 별 하나를 주었다. 우리는 그 맛이 궁금해 견딜 수가 없었다.

가게에 도착하니 줄은 예상한 대로 매우 길었다. 하지만 이곳의 음식은 거의 패스트푸드 급이다. 회전율이 엄청나게 빨라서 주문하고 금방 음식을 받을 수 있었다. 나는 포크누들, 아내는 치킨누들을 주문했다.

카운터에서 주방이 훤히 보였다. 로스팅된 오리가 벽에 걸려 있고 돼지고기도 찜통 속에서 맛나게 삶아지고 있다. 음식을 만드는 데 걸리는 시간은 길게 잡아도 3분. 우린 음식을 받아들고 북적이는 인파 속에 자리를 잡았다. 접시엔 데친 청경채 그리고 꼬들꼬들한 에그누들, 겉은 바삭하고 속은 촉촉하게 익힌 닭고기와 돼지고기, 그 위에 소스가 뿌려진 국수.

어찌나 맛있던지. 자고로 음식은 싸고 맛있어야 하는 법이다. 내 마음속 3스타는 바로 여기. 참고로 미슐랭 3스타는, 그 음식을 먹기 위해서 그 나라에 가도 좋다는 의미.

센토사는 무더웠고, 아내는 현명했고

무척 덥고 습한 날씨였지만 유니버설 스튜디오를 빼놓을 순 없지.

시작부터 사고를 쳤다. 중간에 자유이용권을 분실한 것. 계획이 틀어지면 큰 스트레스를 받는 성격 탓에 편두통이 밀려왔다. 미키극장의 인파속에서 급하게 이동하다 티켓을 흘려버렸다. 설상가상 비까지 부슬부슬내리기 시작했다. 스콜이다.

극장에 다시 들어갈 수 없겠냐고 부탁하자, 세상 친절하고 동심 어린미소로 손을 흔들던 직원들이 갑자기 정색하기 시작했다. 5분 전만 해도 따뜻하고 해맑게 웃어주지 않았냐고, 언제나 우릴 환영한다고 하지않았냐고 따지고 싶었지만 내가 뭐 잘한 게 있다고 이 와중에 시비를걸겠나.

헐크를 닮긴 했지만 친절했던 직원께서 극장 쉬는 타이밍에 객석에 들어가 티켓을 찾아볼 수 있도록 허락해주셨다. 우린 시간이 남아 한 시간정도 파라솔 밑에 앉아 〈장화 신은 고양이〉 공연을 보았다. 소나기가 내린 뒤의 습한 더위가 몰려왔다. 무대를 바라보다 털 달린 발로 장화는 왜신었을까 괜스레 신경이 쓰였다. 꿉꿉할 텐데. 이렇게 더운 날씨에 그냥 쪼리나 신지 그랬어요. 어울리잖아요, 싱가포르의 〈쪼리 신은 고양이〉.

28

축 늘어진 채 온갖 자학과 부정의 언어를 읊조리는 나를 소영이는 따뜻하게 달래주었다. 달콤한 수박주스도 건넸다. 티켓을 잃어버린 나를 구박하지 않고 그냥 가만히 있어주어서 너무 고마웠다. 아마 날 나무랐다면 나는 장화 신은 고양이에게 달려가 검을 뽑아들고 결투를 신청했을지도 모른다.

헐크님의 배려에도 난 결국 미키극장에서 티켓을 찾지 못했다. 오늘은 이렇게 사나운 일진으로 끝나는 걸까 절망하던 차, 아내가 제안한다.
"그럼 사무실에 재발급 신청해볼까? 카드 영수증 있잖아."
"설마 영수증 하나 가지고 허술하게 재발급해줄까? 안 되지 않을까?"
"그래도 가보자, 오빠."

어라라. 흔쾌히 재발급해주는 직원의 너그러움을 통해 나는 다시 동심 어린 꿈과 희망을 찾을 수 있었다. 그래, 세상은 아직 살 만한 곳이구나. 그랬어.

만족스러운 입국

한국으로 돌아오는 날. 한류스타들처럼 입국 사진이 찍히게 될 줄은 상상도 못했다. 그다지 정돈되지 못한 상태였다. 눌러쓴 모자. 대충 입은 옷차림. 짐을 찾고 있는데, 매니저가 비보를 알려왔다.

"기자님들이 꽤 왔네요."

나야 뭐 어떻게든 되겠지 하는 마음이었지만, 아내는 많이 부담되어 보였다. 최대한 여유 있고 카리스마 있게 나가려고 했다. 결국 내 모습을 통해 많은 분들께 웃음 드린 것 같아 그걸로 만족한다. 그래도 소영이 사진은 예쁘다.

경황없이 대통령 선거 투표를 하러 갔다. 둘이 신혼여행에서 돌아와 처음으로 함께한 일이 국가적으로 의미 있는 일이어서 더욱 기뻤다. 집으로 돌아와 개표 방송을 보면서 투표를 위해 신혼여행 일정을 단축하길 참 잘했다는 생각이 들었다. 우리의 미래만큼이나 소중한 대한민국의 앞길도 더욱 밝아지길…….

많은 사람들이 2세 계획에 대해 물어본다. 둘 다 참으로 아기를 좋아하지만, 우린 전적으로 둘이 한마음으로 바랄 때 자녀를 갖기로 했다. 지금은 아이보다, 소영이가 마음껏 일도 하고 꿈을 펼치길 응원하는 중.

30

프렌치토스트

처음 먹는 집밥이다. 늦잠 자는 아내를 위해 내가 준비한 메뉴는 프렌치
토스트.
갓 나온 식빵에 우유를 포옥 적시고 계란물을 묻혀서 굽는다. 버터 향이
코끝을 찌른다. 잼이 없어 얼린 블루베리를 으깨어 설탕을 넣고 졸인다.
바나나를 잘라 플레이팅하고, 함께 마실 차도 데워놓고, 소영을 깨우러
안방으로 간다.

중학교 2학년 때의 어느 날, 우연히 엄마에게 프렌치토스트가 부모님이
함께한 첫 식사 메뉴였다는 말을 들었다. 그날 이후, 나는 언젠가 결혼
을 하게 된다면 처음으로 함께 먹는 집밥은 프렌치토스트로 해야겠다
고 늘 생각해왔던 것.
지금껏 행복하게 사시는 부모님처럼, 촉촉하고 달콤한 프렌치토스트로
시작한 우리도 평생 이런 행복을 유지하고 싶다. 졸린 눈을 비비며 맛있
게 먹는 소영이. 잘 먹는 모습이 참 예쁘다.

가족이라는 이름의 톱니바퀴

처가에 들렀다. 엄청난 수의 가족들이 모였다.

어릴 적부터 우리집은 소규모였다. 언제나 작은집은 외국에 있었고, 고모들은 각자의 집에서 명절을 치렀기에, 언제나 설날 추석에도 우린 할아버지 할머니 그리고 부모님과 동생과 나, 여섯뿐이었다. 간혹 아침에 인사를 오는 분들도 있었지만 곧 일어나시곤 했다. 다들 말씀도 거의 없었다. 나에게 명절은, 그렇게 고요하고도 적막한 시간이었다.

하지만 처가댁은 이와 정반대. 대가족이다. 장인어른은 무려 5남매 중의 장남. 형제분들 또한 다들 화끈한 부산 사나이들. 그리고 다들 함께 어울리는 걸 좋아하신다. 여기에 같이 오신 숙모님과 그들의 후손까지 합류했다. 무엇보다 우리집과 다른 건, 서로에 대한 무한한 관심과 사랑에서 우러나온 끝없는 질문들.

"음식은 머 좋아하노?"

"결혼하니 기분은 어떻노?"

"술은 좋아하나?"

"앞으로 자주 보재이. 이제 가족이다 아이가."

"요건 어떻고 저건 어떻고, 이래 된 건 우짜노?"

나는 실로 압도되었다.

결혼. 생면부지의 사람들이 어느 날 식을 치른 그 순간부터 가족이라는 단어로 묶이고 한 울타리 안에 들어간다. 이제 이들의 삶에 나도 하나의 톱니바퀴가 되어 함께 날을 물고 돌아가게 되겠지.
정신없이 술을 받아 마셨다. 결혼은 나와 소영, 둘만의 결합이라는 강했던 생각을 고쳐야 하겠지. 즐거우면서도 행복하면서도 자꾸 이런저런 생각이 많아지는 것은 어쩔 수 없었다.

아내의 비염이 다시 시작됐다

큰 문제가 생겼다. 아내가 집에 적응을 잘 못한다. 평소에 쓰던 물건이 아닌 것이 가득한 곳에다 공기마저 바뀌자 급성 비염이 더욱 심해진 것이다. 솔직히 내 집의 상태는 여러모로 문제가 많았다. 오래된 아파트일 뿐더러 구석구석 해야 할 정리를 미처 끝내지 못했다. 자면서 계속 코를 훌쩍거리고 숨쉬기 곤란해하는 모습을 보니, 마음이 쓰리다.

새벽이 되도록 잠이 오지 않아 혼자 거실에 나와 TV를 틀었다. 늦은 시간 즐겨보는 프로그램 〈나는 자연인이다〉. 이번 에피소드의 주인공은 잘나가는 사업체를 거느리며 남부럽지 않게 성공했던 한 남자였다. 그는 어느 날 홀연히 모든 것을 버리고 도시를 떠나 자연 속에서 살고 있었다.

이유는 아내의 건강 때문. 사업이 바빠 미처 신경쓰지 못한 가족들, 위독해진 아내. 남편은 결국 삶의 의미가 무엇인가를 고민한 끝에 모든 것을 내려놓고 아내를 위해 공기 좋고 물 좋은 곳에 오두막을 짓고 살기 시작했다.

저게 내 얘기구나 싶었다. 장아찌를 담그고 나무를 하며 툭툭 던지는 아저씨의 말이 크리티컬하게 내 가슴을 때렸다. 갑자기 나도 오두막을 지어야 하나 고민이 되기 시작했다. 아픈 아내의 모습을 바라보는 슬픔. 내가 어떤 걸 할 수 있을지 잘 모르겠다는 지금의 이 무기력함.

가벼운 기분 전환

우리는 결혼 후 처음으로 저녁 외출에 나섰다. 바깥바람이 막힌 코를 좀 뚫어주지 않을까 기대해보면서. 홍대의 북적이는 골목에 위치한 고깃집에서 맥주와 함께 저녁을 먹었다.

갈수록 이 동네에 애정이 깊어진다. 조용한 산책로에서 언덕 하나만 넘어가면 수많은 맛집과 카페가 거짓말처럼 등장하는 이곳. 기분 전환을 위해 가벼운 데이트를 즐기는 우리와 같은 신혼부부에게는 최적의 동네가 아닐까.

우리는 밥을 먹고 각자의 집으로 '바이바이' 헤어지지 않고 같은 문으로 들어왔다. 이제 아내 집의 닫히는 문을 뒤로한 채 엘리베이터를 타고 내려갈 필요가 없다. 이제 소영과 나, 한 팀이 되어 미션을 수행하게 됐다. 매일 같은 곳에서 출발해, 다시 집으로 돌아와 서로의 얼굴을 마주보며 하루를 마무리하겠지. 같이하는 맥주 한잔과 산책길에 불어오는 바람 모두 상쾌하고 시원했다. 어제와 달리 오늘은 아내의 컨디션도 꽤 좋아졌다. 기분이 참 좋다.

아버지 어머니의 새로운 표정

소영과 함께 우리 부모님 댁으로 갔다. 꽤 과묵한 편인 우리집 식구들. 그저 필요한 것만을 묻고 대답한 뒤, 밥을 다 먹으면 조용히 그릇을 들고 일어나 설거지를 하고 각자의 방으로 돌아가 자신의 일을 한다. 때문에 식사에 걸리는 시간도 그리 길지가 않다. 길어야 30분.

화목하지 않다는 말은 아니다. 서로를 누구보다 아끼고 또 위한다. 항상 상대의 감정을 살피고 또 배려한다. 다만 그 스타일이 조용할 뿐이다. 매년 가족여행도 떠나고, 부모님 또한 금슬도 좋으시다. 모임도 많고 사교댄스나 합창 등 동호회 활동도 열심이다.

저녁을 먹고 집으로 돌아오는 길, 나는 부모님께 괜스레 죄송스러워졌다. 아내의 밝은 말투, 부모님께 보내드리는 강한 리액션과 긴 피드백. 아내와 대화하는 동안 부모님의 얼굴에선 마치 설탕을 듬뿍 묻힌 초콜릿 도넛을 먹은 듯한 행복감이 뿜어져나왔다. 그들은 지금껏 나를 키우며 느껴보지 못한 황홀감에 푹 빠져버리고 말았다. 음식에 대한 비판이 아닌 칭찬, 행동에 대한 지적이 아닌 무한 긍정의 코멘트.

"소영아, 난 마음은 안 그런데 표현을 잘 못했거든. 그래서 부모님이 나를 보다가 널 보니 진짜 행복해하시네."
"어, 나 짱 좋아하시는 듯."
"완전 동감!"

더 오래 있겠다는 아내를 일어나게 한 것도 나였다. 나보다 통화도 자주하는 그들. 뭔가 억울하다. 자주 못 만나게 해야겠다. 질투 나니까.

YG 구내식당 첫 시식 후기

YG 구내식당에서 점심을 먹었다. 마침 스케줄상 점심시간에 망원동을 지나게 되었고, 새롭게 전속 계약도 했으니 그 유명하다는 식당에 가보기로 한 것이다. 식판을 받아들고 자리에 앉아 맛을 보았다.

〈거북이는 의외로 빨리 헤엄친다〉라는 영화에 등장하는 라면집이 딱 이런 느낌 아니었을까. 스포일러가 되겠지만, 한날한시에 태어난 친구와 언제나 비교당하며 평범한 자신의 일상에 지쳐가는 주인공 스즈메. 우연히 모집 공고를 보고 찾아간 스파이 본부. 하지만 누가 봐도 일반 가정집에서 트레이닝복을 입은 부부로부터 받은 5천만 원 상당의 착수금과 스파이 지령. 그들이 내린 지령은 바로, '절대적으로 평범하게 사는 것'. 결코 튀거나 남의 이목을 사로잡는 것은 금지.
내가 YG 구내식당 밥을 먹고 이 영화의 라면집이 떠올랐던 건, 그 라면집의 사장님이 스파이(죄송! 결말에 밝혀짐)로 활동하며 추구했던 그 평범함 때문이었다. 주인공이 가끔 들러 먹었던 그 라면. '참 적당한 맛'이라 평가 내렸던 그 집. 유명한 맛집이 아니기에 그 누구도 줄을 서지 않지만 그렇다고 맛이 없다고 자자하게 소문나서도 안 되었던 그 라면을 만들기 위해, 사장님은 자신이 할 수 있는 모든 수단을 동원해 필사의 노력을 기울여 '적당한 맛'의 육수를 끓인 것이다.

YG 구내식당 역시 딱 그 맛이랄까. 적당한 김치에 적당한 나물과 볶음, 적당한 찌개까지. 의외였다. 그렇게 방송에서 가보고 싶다는 이들이 많은 곳인데.

회사의 정책에 따라, YG를 방문한 사람이라면 누구나 음식과 커피, 디저트까지 공짜로 무한대로 먹을 수 있다. 그렇기에 이곳은 훈련에 지친 연습생들, 스케줄에 찌든 매니저들에게 큰 힘이 되는 곳이다. 내 추측이지만 아마도 그 때문이 아닐까. 대가를 바라지 않고 아낌없이 퍼주는 밥과 국에 담긴 그 애정 덕에 이곳이 많은 이들에게 유명해진 것은 아닐지.

<어벤저스>가 남긴 강렬한 추억

집에서 함께 영화를 감상하다가, 문득 우리 둘이 만나 처음으로 영화를 보던 때가 떠올랐다.

사귀는 것도 아닌, 그렇다고 안 사귀는 것도 아닌 사이에선 액션영화가 적당하다고 생각한다. 로맨틱한 영화를 보기엔 꼭 나오는 키스신이 어색하고, 또 멋진 미남미녀와 내가 직접적으로 비교당할 수 있다는 단점이 있다.

그렇다고 감동 일색이거나 교훈적인 영화를 봐서도 안 됨. 내가 그녀에게 주고자 하는 건 사랑이지 교훈이 아니다. 우울한 영화도 마찬가지. 기쁘고 즐거워야 그나마 없던 나의 장점이라도 발견할 것이 아닌가. 비슷한 이유로 공포, 스릴러 장르도 비추.

그래서 내가 고른 영화는 남녀노소 유쾌하게 볼 수 있는 블록버스터 <어벤저스>였다. 무심한 듯 툭 고른 티가 나며, 수백억의 제작비가 투입된 희대의 오락물을 놓칠 이유가 없다는 시대적 요구에 부응한다는 정당성을 확보한 것. 재미도 있을 테고, 적당히 고급지기도 하고. 그렇게 우리는 팝콘과 콜라를 들고 용산의 한 극장에 자리를 잡고 앉았다. 그리고 난 그때까지만 해도 내게 그 일이 닥치리라고는 상상도 하지 못했다.

40

꺅! 푸슝! (실제 상황임.) 〈어벤저스〉를 보던 아내는 마치 거대한 굉음을 내며 미사일처럼 발사됐다. 비명과 함께 튀어오른 아내가 천장에 닿지 않았을까 걱정될 정도였다. 일시에 스크린을 향하던 모든 시선이 우리 쪽으로 쏟아졌다. 순간 나의 머릿속에는 복잡한 셈법이 가동했다. 이 광경을 제삼자의 입장에서 모른 척해야 할 것인가, 아니면 관객들에게 미안하다는 제스처를 보내고 상황을 함께 수습할 것인가.

절대적으로 반대하는 입장이긴 하지만, 내가 나온 지방의 남자고등학교에선 구타가 일상이었다. 버드나무 회초리부터 옹골진 박달나무, 거기에 건축 자재로 사용되는 웅장한 나왕이나 티크(교실 바닥을 까는 데 쓰이는 긴 나무판, 그거 맞다), 거기에 플라스틱 매까지. 다양한 소재들의 질감을 여러 신체 부위를 통해 체험하고 경험했다.

하지만 아내는 살면서 어떤 폭력도 경험한 적이 없다. (그런 사람이 세상에 있더라고요.) 더군다나 자신이 당하는 것이 아닌, 누군가가 폭력을 당하는 것을 보는 것만으로도 경기를 일으키며 놀라는 사람이다. 그런 연차로 이 같은 일이 발생한 것. 얼척없이 떼를 써대는 로다주의 응석을 참다 참다 날린 미국 캡틴의 교훈적인 펀치에 놀란 아내가 용수철처럼 솟구치고 말았던 거죠.

다시 오늘, 결혼하고 처음으로 함께 영화를 보았다. 〈겟아웃〉. 이 영화를 보는 동안에도 나는, 마치 '대륙 간 탄도 미사일' 같았던 소영의 모습을 여러 번 볼 수 있었다. 공포와 SF를 오가는 수작이었고, 올해 본 영화 중 제일 재미있었다. 적응이 되니, 이젠 튀어오르는 이 모습까지 귀엽다. 타이밍이 예측되기도 하고. 게다가 어차피 내 집 내 소파 위인데 뭘. 이웃들에게 아내의 비명이 들리지 않았길.

각자의 시간

소영이와 나는 조금은 다른 시차에 산다.
나는 닭, 소영이는 부엉이.

아침 여섯시, 두 시간 정도 먼저 일어나는 나는 조심스럽게 침대를 빠져
나와 거실에 앉아 눈을 비비며 나올 그녀를 기다린다.
아마도 이 시간이 우리 사이를 영속하게 만드는 큰 원동력이 될 것이다.

얼마 전 존경하는 형님이 결혼 축하 저녁을 사주시며, 결혼생활에서 가
장 중요한 것은 '따로 또 같이'라는 말씀을 해주셨다. 모든 것을 공유하
는 사이임에도 서로가 가진 나만의 것을 인정하는 것이 중요하겠지.

이른 아침 혼자 거실에서 로맹 가리의 소설집을 읽는 나만의 이 시간이
내게 소중한 만큼, 나도 그녀에게 '방탄소년단 뮤비 시청의 무한한 자
유'를 드려야겠다는 결심을 했다.

건담을 조립했다. 플라스틱 조각을 자르고 붙이며 문득 그런 생각이 들었다. 상상 속에서 만들어진 로봇 하나가 어느 날 반도의 한 소년을 사로잡고 요 나이까지 이걸 붙들고 있게 만들다니. 놀랍군.

소년이라면 누구나 한 번쯤 강한 존재가 되어 지구의 평화를 지키는 파일럿을 꿈꾸었을 것이다. 악의 무리가 보낸 적의 무리(항상 공격의 타이밍과 무기를 알려주는 친절하지만 나쁜)를 각종 필살기와 피니시 무브를 통해 응징하는 모습들은 우리에게 큰 매력을 선사했다. 태권브이, 메칸더브이, 콤바트라브이(왜 그리 브이가 많았을까)의 존재는 우주 시대에 대한 두근거리는 동경과 함께 2000년이 되면 차가 하늘을 날아다니고, 우리가 화성에 살지 않을까 하는 상상을 품게 만들었다.

시간이 흘러 수많은 애니메이션이 예고했던 시대가 도래한 지금, 세상은 거대로봇의 등장과는 더욱더 먼 방향으로 흐르고 있다. 세상의 무기들은 파괴력은 더 늘어나고 똑똑해지고 있지만 그 크기가 계속 작아지고 있다. 철이는 굳이 그 커다란 태권브이를 조종할 필요가 없다. 스마트 폭탄이나 드론만 잘 날리면 되는 것이다.

44

아무튼 뭐 로보트가 진짜 악을 응징하지 못하면 어떤가. 내가 좋아하는 캐릭터를 내 손으로 직접 만들고 가지고 노는 기쁨을 즐길 수 있다면 그 것만으로도 충분하다. 플라스틱 조각들을 자르고 붙이며 완구를 넘어선 디테일에 놀라고 또 놀란다. 관절을 하나하나 조립하며 내가 진짜 과학자가 된 듯한 감정에 취한다.

피규어들을 그저 석유화합물 덩어리 정도로 생각하는 아내는, 이 취미에 대해선 한 달에 10만 원 정도의 선만 지킨다면 얼마든지 지지할 수 있다고 하셨다. 나는 지키겠다고 했다. 지금 만들고 있는 건담은 그보다 비싸지만, 여기에만 몰래(응?) 써놓겠다.

그녀가 떠난다고 한다면

『한국이 싫어서』라는 소설을 읽었다. 장강명 작가의 연애 시절 실화를 바탕으로 각색된 소설이다. 주인공 계나가 호주로 워킹 홀리데이를 떠나며 소설은 시작된다. 문득 모든 것을 뒤로하고 떠나는 이방인의 삶에 대해서 생각해본다. 쉽지 않겠지. 떠난 사람도 그리고 남겨질 이도. (이 소설의 재미의 90은 이 남자의 푸념에서 나옵니다.)

아무튼. 소영이가 갑자기 한국 싫어, 떠나겠어, 라고 한다면 나는 어떤 반응을 보여야 할까. 물론 우리의 일과 현재의 상황을 생각한다면 일어날 가능성은 매우 낮은 편이겠지만.

하지만 사람 일은 모르는 것이니까. 만약 그래도 데굴데굴 구르며 이민 가자고 고집을 부린다면? 이 추위와 더위에 못 이겨 비염 없는 나라로 떠나겠다는 강한 의사를 밝힌다면? 한국에서야 일도 하며 지내지만, 다른 나라에서 내가 어떻게 가정을 부양할 수 있을까?

그나마 지금처럼 결혼한 상태라면 같이 떠나서 어떻게든 방법을 찾아보겠다는 의지가 고개를 들겠지만, 만약 여자친구였을 때였다면 아마 곧 헤어지지 않았을까 싶다. 아무리 스카이프나 페이스타임이 있어도, 그저 영상통화로 연결되어 있다는 정도만으로는 충분하지 않다. 함께

46

먹고 함께 보고 함께 울고 함께 웃어야만 오롯한 연애, 사랑 아닐까. 어떤 기술이 이런 유대감을 대체한단 말인가.

소설의 주인공 계나. 워킹 홀리데이 기간 동안 다양하고도 화려한 남자들과 염문을 뿌린 뒤 돌아온다. 그리고 소나무처럼 언제나 그 자리에 서 있던 남자친구와 재결합한다. 소영은 이 지점에서 계나가 자신이 못한 일을 해냈다며 나를 흘겨본다. 근데 말이죠, 부러우면 지는 거 아닙니까?

아무튼, 미세먼지와 무더위 그리고 혹한이 소영이를 많이 괴롭히지 말길. 우리 여기서 천수를 누립시다.

세상일이 이렇게 힘든 것이다

오늘 〈차이나는 클라스〉는 문정인 교수님의 강의였다. 진보와 보수 진영에서 여러모로 평가가 극과 극으로 갈리는 사람이긴 해도 학문적 성과와 더불어 실제 외교 무대에서 국내에 그만한 명성을 쌓은 사람도 드물 것이다.

강의의 주제는, 한중관계를 어떻게 설정할 것인가. 새로운 질서를 어떻게 만들어가야 할 것인가. 우리가 그토록 귀에 닳도록 들었던 지정학적 위치 속에서 한중일의 관계를 어떻게 설정할 것인지에 관한 문제였다. 다른 나라 모두 자신들의 운명을 걸고 외교에 힘을 기울이는 와중, 우리는 국정농단의 과정 속에 있었다니. 국민의 한 사람으로 어이가 없었다. 지금껏 우리는 뭘 했던 걸까. 문득 서글퍼졌다.

집에 돌아와 아내가 먹고 싶다 하여 떡볶이를 만들어드렸다. 멸치와 채소로 육수를 내고 양배추를 다듬고 파를 썰고 떡을 불려 준비했다. 어묵을 썰고 맛술과 마늘, 쯔유, 고추장을 비벼 정성껏 양념장을 만들었다. 쫄면 사리도 찢어 넣고 계란도 삶아 반으로 가르고.

아내의 반응은, 나의 노력은 가상하긴 하지만 떡볶이란 자고로 이렇게 성실히 만드는 음식이 절대 아니라는 것이었다. 냠냠 맛있게 먹으면서도 내렸던 악평, 결국 떡볶이는 대충 적당히 불량스럽게 만들어야만 하는 음식이라는 조언을 했다.

세상일이 이렇게 힘든 것이다. 이러니 외교는 더 힘들겠지.

식탁 위에 두고 온 국제면허증

아침 7시에 일어나 부랴부랴 짐을 챙겨 나왔다. 행선지는 홋카이도. 일본과 관련된 역사를 들으면 분노에 피가 거꾸로 솟다가도 막상 여행을 떠나는 마음은 또 살랑거리니 사람 마음 참 알 수 없다는 생각이 든다. 아무튼 결혼이란 참 좋은 제도이다. 같이 이렇게 누구의 허락도 없이 당당히 어디로든 떠날 수 있으니까. 소영이도 엄마 허락을 안 받아도 되는 여행 자체가 신기하다고 말했다.

들뜬 마음도 잠시. 난 이륙한 비행기 안에서 난 그만 비명을 지를 뻔했다. 국제면허증을 잘 챙겨놓는다고 식탁 위에 올려두고는 그냥 공항으로 와버린 것. 에어버스는 순항중이었지만 내 마음속에는 괴로움이 밀려왔다. 동선과 계획을 렌터카에 맞춰왔는데 이 모든 게 허사가 된 것이다. 무음 모드로 마른 비명을 지르며 머리를 쥐어뜯었다. 슬픔에 찬 나를 위로해주는가 싶더니 소영은 곧 잠에 빠졌다.

그래. 차라리 자는 것이 고마웠다. 실수를 채근하고 비난했다면 아마 난 낙하산을 펴고 뛰어내렸을지 모른다. 항상 계획대로 되지 않으면 엄청난 스트레스를 받는 나와는 달리 소영이는 반대다. 외려 추억이 더 생겼다며 즐거워했다. 한숨도 못 자고 자책하던 차에 쿨쿨 자는 모습을 보며

50

참 나랑 다른 성격이라는 생각을 했다. 에휴, 그나저나 결제까지 미리 다 해놨는데…….

나는 터덜터덜 짐을 끌고 기차역으로 향했다. 차로 이동할 거라며 과감히 배낭을 선택한 게 나에겐 또 독이 되었다. 짊어진 짐의 무게와 추적추적 내리는 비가 마음과 안구의 습도를 올려주었다. 비 오는 기차역은 왜 그리 또 쓸쓸하던지.

첫 행선지는 도야호수. G8 회의를 할 정도로 경관이 좋은 곳이다. 큰 칼데라가 운치 있게 자리잡은 조그마한 온천마을이다. 일본의 여러 지명과는 달리 홋카이도는 오랫동안 이곳에서 살아온 원주민인 아이누족의 영향을 받은 현지어를 음차한 동네가 많다.

경치가 좋아 기분이 조금 풀렸다. 안개가 조금 아쉽긴 했지만 그게 그런대로 마음에 들었다. 리조트의 뷔페는 양도 양이지만 질도 훌륭했다. 면허증을 놓고 온 스트레스를 다 날려버리고 즐겁게 먹고 마셨다. 방에 올라와 매일 저녁 펼쳐진다는 불꽃놀이를 감상했다. 창가에 함께 서서 결혼의 감칠맛을 만끽했다.

그래, 어디 안 가도 돼. 끝까지 같이 있을 수 있어. 차는 없지만.

설 마 그 럴 리 는 없 을 거 야

이른 아침 옥상으로 올라가서 온천욕을 했다. 저멀리 안갯속 호수를 바라보면서 반신욕을 하며 몸을 풀었다. 태초의 온천이 이랬겠지. 자연이 만든 돌 위로 따뜻한 물이 흘러와 웅덩이가 생긴다. 비단 사람만이 아니라 이곳에서 노루, 토끼, 원숭이 그리고 사람들이 모여들어 추위에 지친 몸을 녹였으리라.

항상 지진과 화산 폭발이 일어나는 곳에 사는 불안감도 엄청나겠지만, 세상일이 어찌 만사 나쁜 일만 있겠는가. 덕분에 일본 각지엔 이런 온천이 지천으로 널렸다. 따뜻한 물에 몸을 누이니 달착지근한 식혜 한 사발 생각이 났다. 시원한 바람도 상쾌하게 얼굴을 스친다. 이마에 땀이 송골송골 맺히기 시작한다. 만약 소영이가 아침잠이 없었다면 커플탕에서 이런 즐거움을 함께 누렸을 텐데.

방으로 돌아가 거의 들쳐업듯 깨워 같이 식당으로 내려왔다. 북해도의 특산물인 오징어젓갈이 완전 우리 입맛이다. 짭쪼름하니 딱 밥도둑. 아침부터 두 그릇을 뚝딱 비웠다. 어제 걸었던 산책로를 조금 거닌 뒤, 우리는 짧은 하루의 일정을 뒤로하고 다시 삿포로행 셔틀버스에 몸을 실었다.

그리고 뒤늦게 어렵게 털어놓은 소영이의 이야기.
"오빠, 실은 우리 부모님도 삿포로 오셨어."
"잉?"
"우연히 겹쳤는데 불편할까봐 얘기 못했어."

처가댁 식구들이 근처의 여행지를 고르고 고르다보니 어쩌다 같은 곳으로 오게 되었다는 것이다. 오만 가지 생각이 들었으나 소영도 나름 며칠 동안 고민이 되었을 터. 그래도 얘기해줘서 고마웠다.

"그래, 그럼 같이 밥 먹자고 연락드리자."
"좋아. 고마워, 오빠!"

음, 근데 설마 날 못 믿고 따라오신 건 아니겠지?

삿포로에서 만난 장인 장모님

아침부터 삿포로는 안개가 자욱하다. 신기하게 출근 시간인데 러시아워가 없었다. 오늘도 추적추적 비가 내린다.

빨간 벽돌집으로 간다. 건물의 외벽에 미쓰이스미토모三井住友 그룹 간판이 보인다. 우리로 치면 삼성SK 그룹, 현대롯데 그룹처럼 이렇게 거대한 두 기업이 하나로 합쳐진 셈이다. 그래도 과거 일본에서 가장 잘나가던 둘이었는데. 10년 동안 기나긴 불황을 지나온 일본의 흔적을 본다.

지금의 어린 세대들은 잘 모를 것이다. 은행 브랜드인 동화, 보람, 한일, 조흥, 한미, 제일. 지금은 이곳저곳에 인수 합병되어 사라져버렸다. 내가 태어나서 처음 계좌를 만든 곳은 지금은 우리은행이 된, 카네이션 로고가 예뻤던 한일은행이었다. 회사야 망하고 주인은 바뀌었다만 그곳에서 일하던 분들은 어땠을까. 그 힘든 터널을 빠져나와 지금은 어느 곳에서 어떻게 살아가고 계실까. 매일 뉴스에서 거대 기업들이 쓰러지는 뉴스를 보았던 1997년의 추운 겨울이 떠올랐다.

소영이가 고대했던 팬케이크를 먹었다. 고백하자면, 내게 팬케이크는 카투사 시절 아침마다 물리도록 먹었던 짬밥이었기에 사실 별로 좋아하지 않는다. 카투사 편하지 않아? 라고 하실 수도 있겠지만, 2001년

54

일병 시절 빈 라덴이 저지른 9·11이라는 만행 이후 내가 제대하기 직
전까지 미군은 준전시체제를 유지했다.
자, 군대 이야기는 여기까지. 굳이 내가 팬케이크에 짬밥 이야기를 꺼낸
이유는, 그럼에도 불구하고 이곳 팬케이크가 엄청 맛있었기 때문이다.
폭신하고 촉촉하고 달콤하니 살살 녹았다. 초강추.

이제 장인 장모와 처남을 만나러 가는 시간. 요약해 말하자면, 장인어른
은 내가 추천한 식당에서 엄청난 혹평을 남기셨다.
"이 집 맛이 왜 이래? 음식이 왜 이렇게 안 나오나?"
나는 좌불안석이었다. 장인어른이 묵고 계신 숙소에 가깝게 잡으려고
이 식당을 고른 것에 대한 후회가 밀려왔다. 솔직히 말하자면 그 정도
엉망은 아니라고 생각했다. 닭꼬치가 코로 들어가는지, 또 맥주 맛이 어
떤지 하나도 느껴지지 않았다. 등에는 식은땀이 흘렀다. 버튼을 눌러도
오지 않는 점원이 왜 그리 원망스럽던지. 까다로운 장인어른의 취향. 장
서 관계가 이렇게 어려운 것이었나. 결혼. 가족. 모두 쉽지 않다.

어제의 혹평을 만회하리라

삿포로에서 기차를 타고 오타루로 향한다. 영화 〈러브레터〉의 배경지. 맑아진 하늘에 기분도 살랑 들뜬다. 역시 여행의 핵심은 날씨다. 추적추적 비 오는 운치도 하루이틀이지, 역시 맑은 게 좋다. 날이 포근해지니 바로 소영이의 코가 뻥 뚫렸다. 답답한 마음이 사이다 한 사발을 들이켠 것처럼 시원해지고 행복해진다.

삿포로에서 오타루로 가는 방법 중 가장 좋은 것은 삿포로역에서 오타루행 JR 쾌속열차를 타는 것이다. 일반열차와 400엔 차이인데 제값을 할 뿐더러 시간 차이도 제법 난다. 지정석 구매를 추천.

오타루에 도착하니 중국인 관광객들이 참 많았다. 역 앞의 큰길을 건너 내리막으로 내려가면 바로 오른쪽으로 소담하니 예쁜 운하가 펼쳐진다. 오타루의 관광 코스는 결국 이 주변을 도는 것이 전부이다. 걷다보면 반나절에 거의 다 볼 수가 있다.

치즈케이크로 유명한 '르 타오' 카페도 이곳에 있다. 영화 〈러브레터〉의 배경 오타루는 눈이 아닌 디저트의 천국이었다. 후지이 이츠키, 산에 가지 말고 디저트를 즐기지 그랬어요……

삿포로로 돌아오는 길에 장인 장모께 오늘도 같이 저녁을 먹자고 말씀 드렸다. 하루종일 마음이 쓰였다. 개인적으로 어제의 혹평을 만회하고 싶은 오기가 생겼다. 아내는 "어제 그랬는데 오늘도, 괜찮겠어?"라며 미안해했다. 주변 지인과 '야후 재팬', 일본 블로그인 '타베로그', 〈고독한 미식가〉와 〈맛의 달인〉까지 싹싹 훑어서 검색했다. 최종 낙점된 메뉴는 홋카이도의 명물인 양갈비, 징키스칸. 번잡한 곳을 별로 좋아하지 않으셨던 어제의 교훈으로 대표적인 체인인 '다루마'는 제외. 그래서 잘 알려지지 않은 숨은 징키스칸집을 어렵게 찾는 데 성공했다.

수라간 제조상궁의 마음이 이랬겠죠? 떨리는 마음으로 앉아 한 점 한 점 열심히 양갈비를 구웠다. 과연 우리 가족은 만족한 얼굴로 돌아갈 수 있을 것인가.

결과는 대성공. 휴우. 엄지를 치켜드시는 장인어른. 소영과 나는 밝은 웃음과 함께 건배를 했다. 빙고.

아프면 더 티내도 돼

히스테리컬하다는 말은 보통 사람이 신경질적이라는 뜻으로 쓰인다. 사전적 의미를 찾아보니 '공포나 감정적 쇼크로 인해 짜증이 난 상태'를 뜻한다고 나온다. 이 단어와 같은 어원을 공유하는 의학 용어가 있는데, 바로 히스타민 반응. 외부의 물질로 인한 인체의 거부 반응, 즉 알레르기이다.

개인적으로 나도 알레르기 부자다. 등에다 핀을 꽂는 알레르기 테스트를 받았더니 계란, 초콜릿, 서양쑥, 게, 우유, 집먼지, 진드기, 자작나무, 쐐기풀 등등 거의 스무 가지가 넘는 알레르기가 있다고 나왔다. 내 결과에 의사 선생님도 약간은 놀라셨다. 다른 건 그렇다 쳐도 계란에 우유 알레르기라니, 다들 이 얘길 들으면 나를 딱하게 본다. 결국 체질상 비건의 몸을 타고난 나. 언제나 주변에는 항히스타민제를 상비하고 있다. 없으면 불안하거든요.

그런데 아내에게 또 겸손을 배운다. 나보다 더욱더 강한 히스타민 반응을 일으키는 사람이 있을 줄이야. 더군다나 남편이 아내를 위해 얻은 집에서. 각종 물질들의 총공세 속에 적응하지 못해 비염으로 고생하고 있는 아내를 보니, 마음이 편치 않다.

새벽부터 대청소를 한다. 난 창틀을 뽑아낼 기세로 닦아냈다. 의외로 먼지가 많이 나왔다. 바닥을 거의 벗겨내듯 밀었고, 먼지 나는 모든 것을 밖으로 가지고 나와 털어내고 갈아치웠다. 마치 새 건물을 짓기라도 하듯 모든 것을 새것으로 만들어버리겠다는 의지로 이를 꽉 물고 해낸 대청소.

일을 마치고 저녁에 돌아오니 소영의 상태가 그나마 호전되어 있다. 코끝이 갑자기 시큰해졌다. 나도 모르게 눈물이 났다. 나의 맘고생을 아는 아내가 힘든 얼굴로 미소를 건넨다. 소영아, 아프면 더 티내도 돼. 내가 책임질게.

만나보지도 못하고 헤어졌다

당신이라면 어떤 선택을 하겠는가? 연회비 70만 원짜리 신용카드에 대한 토론이 벌어졌다.

일단, 나의 입장.

1. 연회비가 부담되기는 한다.
2. 그러나 특별한 문양을 가진 이 신용카드의 위엄은 대체 불가. 받는 사람 표정부터 다르다.
3. 혜택이 혜자스럽다. 해외 항공권, 호텔 발레파킹, 면세점 할인 쿠폰 등의 혜택은 찾아서 모두 이용하기만 해도 본전을 뽑고도 남는다.
4. 가장 중요한 건 24시간 해외여행 컨시어지 서비스. 레스토랑 예약이나 항공권 상담 등 중요한 일들을 관리해준다. 언제 어디서든 수신자 부담으로 전 세계를 커버하는 내 비서가 있는 셈이다.
5. 어차피 지금 쓰고 있는 카드의 연회비도 15만 원인데, 생각하면 연간 55만 원 정도 추가 지출밖에 되지 않는다. 55만 원이면 아내가 빵이랑 떡, 과자 등을 몇 번만 줄여도 가능한 금액 아닐까.

6. 주변에서 많이들 추천한다. 모두 이거 들고 다니며 쓰는데 나만 뒤처
   지고 싶지 않다.

아내의 의견.

1. 응. 안 돼.

이름 모를 코린토스의 투구를 쓴 이여, 웃는 것도 아닌 묘한 표정과 내
가 함께할 일은 없을 것 같구나. 아디오스.

우리 집 적폐 청산

청소를 하다 아무 생각 없이 내뱉은 말에 아내가 살짝 토라진다.

"왜 자꾸 버리니? 넌."

매번 어떤 물건이든 쌓아놓는 아버지의 성격을 싫어하면서도 그대로 닮아가는 나를 보며 참 놀란다. 나에게도 물건을 버리기 싫어하는 기질이 있었던 것이다. 집 안에 '정신과 시간의 방'이 있었던 듯 알 수 없는 잡동사니들이 여기저기서 엄청나게 튀어나왔다. 발견된 모습을 보니 몇몇 물건들은, 아니 물질들은 이미 화학적 물리적 그리고 생물학적 변형이 일어나 있었다. 도대체 이전에 어떤 물건이었는지 알 수 없는 모습들.

왜 이런 것들을 나는 버리지 못했을까. 갖고 있어봤자 더이상 의미가 없는 것들을. 유통기한 지난 알약. 이미 다 끝난 보험의 계약서와 증서들. 대학 시절 공부했었던 원서들. 단 한 번도 다시 들여다보지도 않았던 갖가지 잡동사니들을.

아마도 아내가 아니었다면 난 꽤 오랫동안 더 끌어안고 있었겠지. 몇 번씩 집을 옮기면서도 굳이 챙겨 다녔던 이분들. 내가 하지 못한 일을 대신 해준 아내를 왜 퉁명스럽게 나무랐던 것일까.

저녁에 아내가 MBC에 잠시 출연했다. 프로듀서로부터 MC를 제안받았던 프로그램이었다. 그러나 MBC의 보직자들은 아내를 진행자로 앉히길 거부했고, 아내는 마음고생을 크게 했다.

텔레비전에 비치는 아내의 모습이 참으로 예쁘다. 웃는 모습을 보며 사람들이 그 표정 속에 있는 깊은 상처를 알까 잠시 생각했다. 작은 방송에도 기뻐하는 모습에 더욱 울적해졌다. 많은 것을 바라지 않는 아내에게 상처를 준 사람들의 얼굴이 하나씩 스쳐지나간다. 힘없는 내가 해줄 수 있는 게 없다는 것이 화가 난다.

그리고 손을 잡고 건넨 한마디.

"미안해, 못난 남편이라서."

일기보다 소설

소설가 김영하 낭독회에 사회를 보러 다녀왔다. 새 소설집 『오직 두 사람』의 출간을 기념해 마련된 자리였다. 나는 그의 마니아다. 대학생 시절 처음 만났던 그의 작품은 소설집 『오빠가 돌아왔다』. 그는 다른 소설가와는 달랐다. 신랄했고 유쾌하면서도 사회의 모순을 찌르는 날카로움이 있었다. 무엇보다도 그의 글쓰기는 나의 세대를 대변하는 것 같았다. 마치 잘 아는 형이 재미나게 '썰'을 풀어주는 친근함이랄까.

김영하 작가님은 말씀을 참 잘하시는 분인 것 같다. 예술가를 직접 만나는 일에는 모험이 필요하다. 소설가들 중에는 글로'만' 만나는 것이 훨씬 나은 사람들도 몇몇 있다지만 그는 두 가지를 모두 다 해내는 사람이었다. 다만 말의 양이 좀 많다고나 할까. 가장 인상 깊었던 것은, 본인의 가치관에 대한 확신이었다.

어떤 이야기든지 거침없이 이야기를 하기란 쉽지 않다. 아무래도 유명해지다보면 눈치를 보게 된다. 자기 검열 속에서 분명한 입장 대신 애매한 스탠스를 취하게 되는 경우가 많지만, 그는 그렇지 않았다. 이것이야말로 자신의 영역을 확고하게 가지고 있는 사람들의 자신감이자 특권이리라는 생각이 들었다. 부러웠다. 나도 그렇게 되고 싶다.

그는 두 가지를 강조했다. 첫번째로는, '많이 느끼라. 그리고 그 느낌의 고통이 크면 클수록 좋다'는 것. 아무리 고통스럽더라도 그 '느낌'이 우리를 살아 있게 하며, 세상이 절망스럽고 암울하게만 느껴지더라도 세상에 대한 오감을 열어놓는 자체만으로도 우리에겐 기쁜 일이 될 것이라고 했다.

다른 한 가지는, 글쓰기의 노하우들이었다. 그는 한 학기 동안 진행되는 글쓰기 수업 동안, 예를 들어 '짜증난다'라는 특정 단어를 절대 금지시켰다고 한다. 여러 상황에서 일차적으로 습관처럼 쓸 수 있는 표현 대신, 다양한 표현법을 고민하고 써보게 한다는 취지인 것 같았다. 나는 과연 일상생활에서 다양한 감정을 잘 표현하고 있을까?

아, 그리고 마지막에 '매일매일 쓰되, 자기반성을 필연적으로 하게 되는 일기보다는, 상상의 나래를 펼칠 수 있는 소설을 쓰라'고 덧붙였다. 옆에서 이 말이 목구멍까지 올라왔다.

'저 요즘, 일기 쓰고 있는데요.'

어릴 적 나의 꿈

〈차이나는 클라스〉 녹화하는 날. 오늘은 4차 산업혁명이 가져올 직업의 변화에 대해 강의를 들었다.

우리는 어떤 세상을 목도할 것이며, 무엇을 하며 살 것인가?

문득 어린 시절의 장래희망을 생각했다. 나는 분자생물학과를 나와 유전공학자가 되고 싶었다. 우연히 보았던 일요일 아침의 다큐멘터리 덕분이었다. NHK와 KBS 합작 다큐멘터리 〈생명〉. 특히나 아노말로카리스*를 찾아내는 그 회에 엄청난 감명을 받았었다.

우연히 발견된 촉수 같은 화석 그리고 부분 부분 발견되는 실체, 우여곡절 끝에 드러난 완성체의 모습은 쇼킹했다. 현재 존재하는 생물과 전혀 유사성을 찾을 수 없는 모양에 충격을 받았을 뿐 아니라 그들이 예전 드넓은 바다를 지배한 포식자였다는 사실에 놀랐다. 그 누구의 위협도 받지 않았던 아노말로카리스는 왜 흔적도 없이 지구에서 사라져버렸던 것일까?

나는 바다의 헤게모니는 어떤 계기로 혁명적 변화를 겪었는지 궁금했

／ **아노말로카리스**

'이상한 새우abnormal shrimp'라는 뜻을 가진 고대 해양 생물로, 약 5억 년 전 원시 지구의 바다에 출현한 거대한 포식자이다.

고, 이런 의문은 나아가 지금 세상을 지배하고 있는 인간에 대한 걱정까
지 이어졌다.

아무튼 그런 연유로 나는 유전공학자가 되고 싶었다. 이후 곧 E. H. 카
를 읽으며 외교관, 『시마과장』을 읽으며 성공한 상사맨, 『미스터 초밥
왕』을 보며 요리사를 꿈꾸다, 지금은 이 일을 하고 있죠.

이제 다시 강의로. 4차 산업혁명은 아마도 인류를 바닷속 아노말로카리
스로 만들 수 있을 것이다. 넋 놓고 있다가는 우리 역시 밀려날 수도 있
지 않을까? 새로운 시대에 우리는 세상을 바라보는 관점, 정보를 처리
하는 방식, 우리 사회의 관계를 재설정해야 할지 모른다. 어떻게 대비해
야 할까? 기회가 될까. 아니면 또다른 절망이 될까.

기승전 추로스

아침에 일어나니 느껴지는 팽팽한 긴장감. 뭔지 모르게 기분이 울적했다. 어젯밤 아내가 공연을 보고 밤늦게 들어와서 그랬는지. 질투하는 건절대 아닌데, 남모를 찝찝함이 느껴졌다. 왜 이럴까. 아내가 주는 거 없이 살짝 밉다.

배가 고파져 밥을 먹자고 했다. 나는 왠지 한식이 먹고 싶었으나 그녀는 피자를 시키자고 했다. 은근히 마음이 상했다. 아침부터 피자라니…….
그럼에도 불구하고 몇 초 뒤 전화를 들어 피자를 주문하고 있는 나를발견했다. 주문이 끝나고 나서 마치 들으라는 듯 전화기를 세게 내려놓았다.

피자가 왔다. 집에 있는 페퍼로니를 힘들게 썰어서 구웠다. 맛있게 먹다가 아내가 페퍼로니를 떨어뜨리는 순간, 또 갑자기 맘이 상했다. 쓰레기통에 툭 버리는 아내. 내가 심혈을 기울여 열심히 구운 건데. 대패로 썰어온 건데. 중간에 나오는 기름도 종이로 닦아가며 담백하게 구운 건데.
미간이 살짝 찌푸려졌다.

며칠 전 놓고 온 물건을 찾으러 나가기로 했다. 잠깐 다녀오기만 하면 되는데 아내의 외출 준비가 너무 오래 걸렸다. 기다리다 살짝 졸릴 정도였다. 옷을 왜 못 고르지? 화장에 왜 공을 들이지? 빨리 나가야 하는데. 오늘은 다음주에 있을 집들이를 대비하고자 쇼핑을 했어야 하는 날이었다. 예전에 리빙페어에서 샀었던 갈대를 꽂을 원통형 화병을 사려고 했지만, 그것도 쉽지는 않았다. 남대문 시장은 정말 사람이 많았다. 살짝 넘어지려고 해서 걱정되는 마음에 잘 보고 다니라고 했다. 순전히 걱정하는 마음이었다. 3층 꽃시장에 들렀지만 문이 닫혀 있었다.

돌아오는 길. 우린 한 시간 넘게 아무 말도 하지 않았다. 평소 같았으면 내가 먼저 말을 걸어서 분위기를 부드럽게 만들었겠지만 나도 왠지 오기를 부렸다. 일부러 쌀쌀맞게 굴고 대답도 툭툭 단답식으로만. 동부이촌동의 가로수길을 나란히 걸으며 침묵 속에 나는 생각했다.

'내가 얻고자 하는 것은 뭐지.'
'내가 지키고 싶은 것은 뭘까.'

'난 왜 이러고 있나.'
'난 누구, 여긴 어디.'

문득 어리석다고 느꼈다. 내가 원하는 것은 이 싸움의 승리가 아닌 인생의 행복 아닌가. 지금 나는 멍청한 팀킬을 하고 있다는 데 생각이 미쳤다. 고개를 돌려 아내를 향했다. 그냥 길에 서서 몇 초를 바라보았다. 아내도 멈추어 나를 본다. 그러다 땅을 쳐다본다. 아내의 눈썹, 땅을 쓸고 있는 운동화, 가방끈을 만지작거리는 손, 앙다문 입, 옆으로 볼록해진 볼. 그리고 손을 내밀었다. 내 손을 잡아주는 아내. 아내는 웃으며 말했다.
"추로스가 먹고 싶어."

내가 아침부터 했었던 행동들을 포함해 이런저런 이야기를 꺼내며 서로 지적질이 시작되었다. 아내는 모든 잘못이 나한테 있다고 했다. 난, 그래 내 잘못이라고 인정했다.

홍대의 추로스집으로 간다. 사람이 많았지만 득템에 성공했다. 오레오 추로스와 오리지널 추로스를 샀다. 돌아오는 길에 사소한 서운함도 풀리는 것은 쉽지 않다고 고백했다. 속줍게 굴어 미안하다고도 털어놨다. "단걸 먹으니 기분이 풀리지?"라고 하는 아내.

추로스 기계를 집에다 사다놓을까?

권력이 무엇이길래

아침에 일어나 상암으로 출근했다. 〈삼국지 덕후콘서트〉 녹화.
내용은 야사에 관한 것이었다. 배신감을 느끼는 대목도 있었다. 가장 충
격적이었던 것은 끝까지 유비에게 충성을 다했다고 알려진 서서가 실
제로는 조조에게 포상까지 받았던 관리였으며, 적토마의 토가 '토끼 토'
라는 것이었다. 너, 빨간 토끼였구나.
다시 『삼국지』를 읽으니 무엇보다 그 시절에 태어나지 않은 것이 참 감
사했다. 그 시절, 사람의 목숨은 그저 파리목숨에 지나지 않았다. 매우
단순한 이유만으로도 어처구니없이, 아니면 권력의 희생양으로 억울하
게, 너무나 많은 사람이 목숨을 잃던 시절이었다. 일필휘지로 사람을 베
어내던 관우, 조운의 활약 이면에 숨겨진 그의 언월도에 목이 달아났던
수많은 병졸들의 인생을 한번 떠올려보았다. 그들도 누구에겐 아들이고
아빠였을 텐데.
권력이란 무엇이길래 사람들을 유혹할까? 아직까지 대단한 자리에 가
본 적도 없는 나로서는 그저 그 사람들의 말로를 이렇게 소설에서, 영화
에서, 또 요즘의 뉴스에서 바라볼 뿐이다.

내 발아래의 사람들을 내 생각대로 부릴 수 있다는 것. 아마도 그건 대단히 중독성이 있을 것이다. 섬기는 리더십 혹은 실천하는 리더십이라는 개념도 있지만, 그것도 역시 궁극적으로는 사람들을 내가 원하는 방향으로 조정하는 방법론에 불과하다는 생각도 든다. 공포와 강권으로 지시하는 것보다는 더 고단수겠지만.

무조건 부정적 시각으로만 보는 것은 아니다. 권력 의지를 통해 왕권을 잡아 백성들에게 새로운 태평성대를 열었던 군주들도 많고, 자신의 성공으로 수많은 직원들을 먹고살게 해준 CEO들도 있다.

시대가 흐르면서 모든 권력이 돈으로 수렴하고 있지만, 나는 '대체로 원하는 것은 성공이며 돈은 그것의 상징일 뿐'이라는 버트란드 러셀의 생각이 계속 유효하길 바란다. 그래도 지켜야 할 마지막 보루가 있다면, 돈과 권모술수가 아닌 대의와 정의가 아닐까.

드디어 집들이 날

집들이를 하는 날이다. 네 부부가 우리 집에 모였다. 김정근 이지애 부부, 전종환 문지애 부부, 허일후 김지현 부부 그리고 우리. 아내의 동기인 이재은 아나운서와 내가 애정하는 후배 박창현 아나운서도 초대했다.
우린 참 묘한 인연이다. 1년 위인 정근 선배와 내 동기인 전종환. 이들은 둘 다 '지애'라는 이름을 가진 아나운서와 결혼을 했다. 그리고 나까지 포함하면 모두 아나운서 후배들과 결혼을 한 셈이다. 그리고 이제는 소영을 제외하고는 그 누구도 아나운서국에 남아 있지 않다. 퇴사를 했거나 보도국으로 자리를 옮겼다.

생각보다 많은 인원이라 음식 메뉴 정하는 것부터 쉽지 않았다. 처음 생각한 것은 닭구이와 파스타 그리고 부르스케타. 하지만 막상 파스타까지 하기엔 손이 모자라 포기. 결국 크림 오븐 치즈 감자로 전향.
음식을 내고 아껴둔 와인을 오픈했다. 우리는 준비한 음식들을 먹으며 여러 이야기를 나누었다. 항상 그렇듯이 음식의 온도보다 더 따뜻한 것은 사람의 온기다. 회사를 그만두고 각자 사는 이야기, 최근에 태어난 정근 선배 아기 서아와 임신중인 지애와 종환의 아기 '버락이'까지. 금슬 좋

은 일후와 지현 감독. 그리고 힘겹게 살아가고 있는 MBC의 과거와 현재.
끊임없이 터지는 폭풍 웃음에 즐거웠다.
우리들의 처녀 총각 시절도 생각이 났다. 각자 싱글의 멋진 모습을 즐기
던 사람들이 가족이 되어 이렇게 새로운 인생의 한 챕터를 넘기고 있음
에 인생의 묘미를 느낀다. 이런 자리를 자주 마련해야겠다.

● 같은 해 8월, 지애와 종환의 '버락이'는 범민이로 태어났답니다.
  이듬해 봄, 김정근 선배는 재입사를 했고요.

아버지의 책상

아무것도 없는 가난한 집의 아들로 태어나 그저 성실함만을 갖고 열심히 노력해 지금에 이르신 아버지를 보면, 참 죄송스럽다. 드라마나 소설엔 처자식이 어떻게 되든 말든 하고 싶은 대로 하는 가장들도 많지만, 다행히도 아버진 그 반대였다.

아버지라고 왜 욕망이 없었겠는가. 동생과 내가 장성할 때까지 하고 싶은 것들을 모두 미뤄오신 아버지. 그 희생 덕분에 지금의 내가 있고 우리 가족이 있다는 생각이 든다.

무슨 일이든 계획성 있게 사시는 그를 보면 여러 가지 생각이 떠오른다. 모든 것을 양보하는 희생의 아이콘, 형편이 어려운 집에 태어나 하고 싶은 것을 전혀 못해보고 살았던 사람. 살면서도 넉넉하지 않은 탓에 미뤄둔 모든 것을 하나씩 차근차근 해나가는 사람. 요즘은 미술과 캘리그래피 그리고 자전거, 색소폰을 즐기고 계신다.

나는 이렇게 훌륭한 아버지의 아들임이 자랑스럽다. 그리고 아버지와 어머니처럼 자녀를 키우고 싶다. 허나, 나도 모든 것을 미뤄가며 자식을 위해 희생할 수 있을까. 생각해보니 결코 쉽지 않을 것 같다.

남편이 젊은 날 책상도 없이 평생을 공부한 게 안쓰러워 혼수로 책상을 마련해오셨다는 어머니. 그리고 늦은 밤 남몰래 그 앞에 앉아 눈물을 흘렸던 아버지. 나는 삐걱거리고 서랍도 잘 열리지 않던 그 책상을 물려받았고, 책상 다리가 더이상 서 있을 수 없을 때까지 바꾸지 않았다. 대학교를 졸업할 때까지 그 책상은 내가 가장 오랜 시간을 보낸 곳이었다.

스태판 커리를 만난다니

스태판 커리를 만나는 것이 확정됐다. 그는 얼마간 농구에 흥미를 잃었던 나를 다시 NBA로 불러낸 사람이다.

항상 어느 정도의 반골 기질이 있던 나는, 당시 세계를 지배했던 마이클 조던의 팀이 아닌 항상 상대 팀을 응원했었다. 당시의 조던은 야구를 하고 돌아와도 3연속 우승을 하던, 지금까지도 가장 위대한 선수로 영향력을 발휘하고 있는 대단한 슈퍼스타였고, 언제나 연전연승을 거듭하던 사내였다.

당시 그를 견제하고자 했던 선수들은 많았고 수차례 그에게 도전장을 내밀었지만 번번이 고배를 마셔야 했다. 감기에 걸리건 아픈 개인사가 있건 최후의 4쿼터만 되면 갑자기 각성하며 위닝샷을 꽂아대던 조던 덕분에 그들 모두 엄청난 선수임에도 우승 없이 은퇴해야만 했을 정도. '무관의 제왕' 찰스 바클리의 은퇴식 날, 나는 그가 신던 에어맥스를 품에 안고 오열했더랬다. 조던에 대한 원망을 가슴에 새긴 채.

가장 안타까운 것은 레지 밀러였다. 흐느적거리는 슛폼, 그리 좋지 않은 개인기, 마치 〈슬램덩크〉의 정대만처럼 코트 사방팔방을 뛰어다니며 3점을 노리는 그의 플레이는 내 눈을 사로잡았다. 지금은 ESPN의

해설을 맡고 있는 그 역시 조던 덕택에(?) 우승 없이 은퇴해야 했지만, 그의 마지막 은퇴 경기는 한번쯤 유튜브를 찾아서 꼭 보았으면 좋겠다. 18년간 한 팀을 위해 헌신했던 위대한 선수의 덤덤한 마지막은 큰 울림이 있다.

아무튼, 그런 내게 스태판 커리가 나타났다. 그는 쉽게 말해 '이기는 레지 밀러'이고 NBA 역사상 전무후무할 3점 슈터다. 재미있는 건 이젠 나도 나이가 드니 이기는 팀을 응원한다는 것. 짧은 인생, 이기는 거라도 많이 보고 싶다. 고질적 부상을 극복하고 이제는 최고의 스타가 된 커리를 직접 만나게 되다니.

아내에게 '방탄소년단'이 있다면 내겐 '스태판 커리'가 있다. 떨린다. 다음주에 만나요. 스태판!

내 집 마련의 꿈

선배 둘과 저녁을 했다. 그 옛날 함께 짜장면을 먹으며 당구를 쳤고, 함께 PC방에서 마린 메딕을 만들었던 형들. 그렇게 스타크래프트를 해도 무한 멀티를 잘하더니 결국 부동산 업계에서 꽤 잘나가는 거물이 된 두 선배.

요즘 아내의 관심 1순위는 '내 집 마련'이다. 집을 어디에 샀느냐가 그들의 인생을 결정짓게 되는 요소가 되면서 대한민국은 그야말로 부동산 공화국이라고 해도 과언이 아니다. 이제 더 오르지 않을 거야, 떨어질 거야 등의 소문을 들으며 주저하는 사이, 이미 집값은 우리가 상상도 하지 못하는 곳으로 가버리며 모두를 허탈하게 만들었다.

이 광풍을 그저 먼 곳에서 바라볼 것인가. 아니면 늦게라도 올라탈 것인가. 우리는 뭐라도 해야겠다는 의무감에 불타올랐고, 결국 선배들의 조언을 듣기 위해 이 자리를 마련한 것이다.

부동산을 대하는 나의 생각은 단도직입적으로 '이게 말이 되느냐'는 것이다. 사람이 공부를 하고 취직을 해서 적당한 나이에 결혼을 하고 가족과 함께 지낼 수 있는 집을 구할 수 없는 나라라면 과연 존재 가치가 있

는 것인가 하는 의문이 든다. 이 모든 것이 상식선에서 지켜진다기보다
는 돈에 대한 갈망으로 떠받쳐지고 있다는 느낌.

하지만 내가 무엇을 바꿀 수 있을까. 한없는 자괴감 속에서 뒤처지면 끝
장이지 않을까 하는 불안한 감정들이 나를 불쾌하고 또 초조하게 만든다.

주제는 무거웠지만 형들과의 자리는 꽤 즐거웠다. 함께 동방에서 지냈
던 즐거운 추억들을 회상하며 격세지감을 느낀다. 소주와 새우깡을 먹
던 우리가 이렇게 좋은 고급식당에서 초밥과 회를 먹으며 이야기를 나
누게 될 줄이야.

담임 선배의 인연

한 선배가 아나운서국으로 복귀했다. 7년이라는 시간 동안 아나운서라는 타이틀을 뺏긴 채 떠돌기만 했던 그가 오랜만에 고향으로 돌아온 것이다. 수색의 두붓집에서 조촐한 환영식을 했다.

그의 구레나룻이 하얗게 세었다. 패기 넘치고 기세등등했던 그의 옛 모습이 떠올라 살짝 울컥했다. 언제나 부당한 일을 참지 못하고, 그래서 많이 걱정스러웠던 선배. 들이받아야 직성이 풀렸던 사람. 호방한 웃음소리는 그대로였지만 이제 쉰을 바라보는 그의 얼굴은 슬몃 지나간 시간을 보여주고 있었다.

그는 나의 담임 선배였다. 처음 아나운서국에 입사해서 교육을 받을 때가 생각났다. 방송이라고는 교내 방송이란 것조차 해본 적 없는 나는 그저 구박덩어리였다. 선배들은 입을 모아 '손석희의 실수' '잘못 뽑은 아나운서'라고 불렀다. 할 줄 아는 게 없었으니까. 매일매일 카메라 앞에 서서 해야 했던 2분 스케치. 상황과 풍경을 묘사해야 하는 과제를, 나는 채 1분도 넘기지 못하고 포기하기 일쑤였다. 카메라 앞에만 서면 머리가 하얘졌다.

그에 비해 함께 입사한 나의 동기들은 아주 훌륭한 사람들이었다. 제법

82

노련하게 원고를 읽어낼 뿐만 아니라, 카메라 앞에서도 여유 있고 거침없었다. 그래서 그들이 우아하게 뉴스를 읽는 동안, 나와 전 모 아나운서는 벽을 보고 발성 훈련부터 해야 했다. 벽에다 대고 한 자 한 자 소리를 질렀다. 어제는 가갸거겨, 오늘은 고교구규. 매사 긍정적인 마인드로 살아가는 나지만, 벽을 보고 한 시간 정도 가갸거겨를 외치다보면, 내가 잘못된 길로 들어선 게 아닌가 하는 한없는 회의감이 찾아왔다. 돌아보니 참 괴로운 시절이었네요.

그 힘든 시간을 버틸 수 있도록 많은 격려를 해준 선배. 오늘, 그에게 복귀 축하 인사를 건네며, 문득 신입 시절 그 선배가 힘이 되어준 추억들을 떠올렸다. 그 시절 잠깐 마음먹은 대로 라디오 PD나 예능 PD로 이직을 했더라면 오늘의 나는 없을 것이다. 고마운 사람. 그가 이제 오늘부터 하고 싶은 방송과 일을 자유롭게 즐길 수 있기를 바란다. 아나운서국 후배들을 교육하는 담임으로서의 인연은 그렇게 남다른 것이다.

참고로 김소영 아나운서의 담임은…… 나였다.

변해가는 방송국의 역할

YG의 선배 둘과 오래간만에 만나 이야기를 나누었다. MBC를 떠나온 예능 PD들. 이제는 기획사에 소속된 사람으로 이곳에 모여 일을 하는 처지가 되다니.

처음 방송을 시작할 때, 뭐 지금도 그렇긴 하지만 방송국이라는 존재는 슈퍼 갑 오브 갑이었다. 채널도 KBS, MBC, SBS 이렇게 셋 뿐이라 즐길 거리가 많지 않았을 뿐만 아니라, 사람들이 워낙 텔레비전을 즐겨 보다 보니 자연스레 대부분 프로그램들의 영향력은 엄청났고, 방송국 PD의 위세는 하늘을 찔렀다.

입사 직후 식사 자리에서 만난 드라마국 국장님의 말은 내게도 문화 충격이었다. 1980년대의 어느 날 연출을 앞두고 대본을 보던 그는, A4 용지에 그 당시 가장 잘나가던 배우들의 이름을 역할 옆에 자기 마음대로 적는다. 당연히 사전 동의도 없이. 그는 매니저들이 출입하던 휴게실에 '몇 월 몇시 대본 리딩'이라는 공지를 써서 붙이고 나갔다. 캐스팅은 그걸로 끝. 다음주 화요일 오후, 그는 그가 적었던 이름 모두를 회의실에서 만나게 된다. 이거 실화냐.

이제는 세상이 바뀌었다. 인터넷이라는 새로운 세상은 사람들에게 더 재미있는 콘텐츠를 공급하고 있고, 심지어 모바일을 통해 언제 어디서든 즐길 수 있게 됐다. 이제 누구도 신문의 편성표를 보며 시간에 맞추어 TV 앞으로 모이지 않는다. 급속도로 늘어난 채널들 속에서 개별 프로그램들 또한 무한한 경쟁의 시대를 맞이하고 있다.

과연 이러한 흐름은 우리를 어디로 데리고 갈까? 우리 셋이 여기 모인 것처럼, PD에게 부탁하여 CD와 프로필을 돌리던 기획사들이 아예 제작사를 차리고 있다. YG를 포함한 많은 소속사들은 거액을 주고 PD들을 스카우트해왔고, 자사가 가진 스타들을 활용해 직접 콘텐츠를 생산하는 역할까지 담당하려 하고 있다. 그럼, 소는 누가 키울까요? 이 경쟁의 최종 승자는 누가 될까요?

분출의 카타르시스

새 드라마를 앞두고 오래간만에 받는 연기 수업이다. 연기라는 것에 인생을 바치고 모든 에너지를 쏟아붓는 이들 앞에 부끄럽지 않고 싶다. 내가 하지 않았다면 다른 누군가에게 기회였을 나의 배역. 그렇기 때문에이 일은 엄청난 부담을 준다. 하지만 언제나 도전의 의지는 불타오른다.

선생님이 내 앞에 의자 두 개를 갖다놓았다. 한쪽에 앉아 맞은편에 누군가가 있다고 가정하고, 가장 미워하는 사람을 떠올려보라고 했다.
쉽지 않았다. 근 30여 년 동안 갈고 다듬어온 나의 성격이 발목을 잡는다. 그것은 상대방을 이해하려는 본성이었다. 저 사람이 그럴 만한 무슨이유가 있겠지, 그의 입장에선 그럴 수밖에 없었겠지, 그가 나를 미워해서 그런 것은 아니었겠지, 어쩔 수 없는 선택이었겠지. 이렇게 매일매일훈련했던 나.
힘들다. 막상 누굴 미워하는 게 잘 안 되니 후회가 밀려온다. 나는 왜 나의 화를 다스렸던 걸까.
고민 끝에 한 사람을 골랐다. 이제 본격적으로 화를 막 빈 의자를 향해퍼부어보라는 선생님. 하지만 나는 결코 언성을 높이지 못한다. 난 조근 조근 그를 향하여 훈계를 할 뿐이었다. 낮게 읊조리는 저주에 가까웠다. 윽박 지르는 대신 택한 것은 그저 조롱뿐이었다.

"난 당신이 불쌍해. 이제 모든 것은 다 끝나가고 있어. 그리고 이제 당신에게 돌아갈 곳은 없어. 그러니 이제 허세를 그냥 내려놓기를 바라."

고개를 갸우뚱하며 뭔가 부족하다는 선생님. 다음에는 실컷 소리지르며 퍼부울 수 있는 상대로 해보자고 하신다. 근데 신기하다. 읊조리는 정도 뿐이었지만 누군가를 욕하고 저주하고 비난하고 나니, 뭔지 모르게 조금이나마 마음이 개운했다. 지금껏 난 내가 끌어안을 필요도 없는 것까지 마음에 품고 살아오지는 않았을까. 담아두었던 것을 비워내는 묘한 카타르시스가 느껴졌다. 이것이 바로 분출의 쾌감인 것인가.

좀 게으르면 어때

버트런드 러셀의 『게으름에 대한 찬양』을 읽었다. 그는 노벨문학상을 수상한 문학의 대가이자, 많은 이들의 삶에 영향을 미친 행복 10계명을 남긴 명문장가로 꼽힌다. 이외에도 철학, 역사, 수학을 넘나드는 20세기의 천재 지성인.

그의 글을 처음 만난 건 참고서에서였다. 당시 영어 참고서계를 주름잡았던 『맨투맨』이나 『성문 종합영어』엔 유독 그의 글이 많았다. 우리는 수도 없이 러셀이 남긴 글에 밑줄을 긋고, 단어장을 찾았으며, 문장 안에 있는 숙어를 외웠다. 하지만 우리는 글의 내용을 곱씹기보다는 이 문장들이 수동태인지 능동태인지, 목적어가 두 개인 4형식인지 아니면 목적격 보어가 있는 5형식인지를 구분해야 했다. 그래서 참으로 안타깝게도 지금 기억나는 것은 글 아래 달려 있던 그의 이름뿐, 무슨 의미였는지는 하나도 기억이 나질 않는다.

서점에서 집어든 『게으름에 대한 찬양』. 노벨상도 받은 대단한 분이 게을러져도 된다고 하니 얼마나 반가운가. 이건 마치 당당히 놀아도 된다는 면죄부 같다는 생각이 들어 얼른 집으로 모셔왔다.

하지만 그가 찬양한 게으름은 제 예측과 다른 거 있죠. 평범한 우리가 애정하는, 늘어져서 아무것도 하지 않는 게으름과는 아주 거리가 먼, 이 사회를 바라보는, 시대를 앞서 나간 지성인의 부탁이었다. 이 책은 그가 우리에게 던지는 아름다운 충언으로 가득하다.

그렇다면 그가 말했던 '게으름'은 뭘까요? '사탄은 언제나 게으른 손이 저지를 해악을 찾아낸다.' 그는 글의 서두에 어릴 적 자주 들었던 이 말을 인용한다. 우리는 근면 성실을 미덕으로 친다. 주어진 일에 최선을 다하며 끝까지 자신의 의무를 다하는 사람은 칭찬받고, 그렇지 않은 이들은 비난의 대상이 된다. 우리는 더하죠. 공부를 잘해야만 훌륭한 학생이고, 가정을 희생하며 일하는 사람을 존경 어린 시선으로 쳐다봅니다. 우리는 열심히 일하는 것이야말로 사회의 구성원으로서 해야 할 의무라고 교육받는다.

러셀은 이러한 것이야말로 허구의 신화라고 말한다. 계몽주의로부터 출발한 청교도적 근면 성실, 칼뱅주의의 소명의식을 통해 지속된 무의식적인 압박은 죽도록 열심히 일하는 것이야말로 신성한 것이며 옳다는 이상한 윤리의식을 고착화했다고 말한다.

러셀은 더 먼 곳을 바라본다. 이렇게 모두가 계속해서 달리면 자원과 함께 우리 인간도 고갈될 것이라고 걱정했다. 그는 고도 산업사회는 풍요로움을 안겨줌과 동시에 해결하기 힘든 모순점을 남겼다고 지적한다. 생산 수단들을 소유하고 통제했던 당시의 자본가들은 노동자들의 권익을 챙기는 대신 그들의 재산을 불리고, 자신의 영향력을 계속 유지하는 데 몰두했다. 소유권은 신성불가침의 영역이 되었으며, 자본가들에게 자유란 모든 규제의 철폐를 의미했다.

러셀은 이러한 흐름 속에서 신음하는 노동자들의 현실을 안타까워했다. 노동에 얽매여 숨쉴 틈조차 갖지 못하는 사람들의 현실을 직시한 것이다. 모든 인간에겐 여유가 주어져야 한다. 그리고 그 여유를 통해서 우리는 영혼을 정비하고 치료할 기회를 가져야만 한다. 모든 사람들이 결코 귀족처럼 살 수는 없지만, 인간에겐 숨 돌릴 여유가 필요하다. 우리는 여가를 즐겨야만 한다. '게으름을 찬양'할 필요가 있다고 말이다.

이외에도 이 책은 온기로 가득한 또다른 충언으로 빼곡하다. 이성만큼 감성도 중요하며, 교육은 어떻게 해야 하고, 성평등을 어떻게 하면 이룩할 수 있는지에 대한 그의 걱정과 대안 제시로 이루어진 '잔소리'라고 쓰고, '책'이라 읽습니다. 놀랍게도 인류가 곤충과 지구 패권을 놓고 어떻게 맞서야 하는가 하는 '인간 대 곤충의 싸움' 챕터도 있다.

결국 이런 문제까지 책으로 남기시다니, 게으름을 찬양한 매우 부지런한 저작이지요. 책장을 덮고 안타까움이 밀려왔다. 1900년대 초반에 러셀 옹이 걱정했던 문제들은 좋아지기는커녕 더 나빠지기만 했거든요.

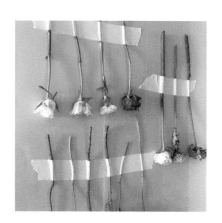

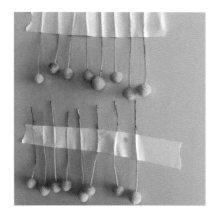

어쨌든, 행복

최근 내 맘속에는 약간의 불행이 싹트고 있었다. 그 불행의 씨앗을 심고 키운 건 '타인과의 비교'. 내 주변의 수많은 잘난 이들과 지금의 나를 비교하면서 느꼈던 허전함이었던 것이다. 일에서의 성공, 그로 인해 얻게 된 명성, 따라오는 보상들. 멋진 활약을 통해 큰 성과를 거둔 이들과의 만남은 배울 것투성이다. 내가 갖지 못했던 넓은 시야, 평범하지 않은 독특한 관점에 대해 직접 묻고 들을 수 있는 것은 그 어느 것보다도 가장 큰 공부이며 유쾌한 자극이다.

하지만 돌아오는 길에 느끼는 공허함도 크다. 오늘은 나보다 한참 어린 동생이 거둔 성과를 보면서 이제껏 내가 이룬 것들에 부족함을 느꼈다. 며칠 전엔 결코 높게 평가하지 않았던 이들의 괄목할 만한 성과를 보면서 부러우면서도 속이 아렸다. 바보같은 생각이 잔잔한 물결이었다가 점점 커지며 큰 파도가 밀려온다. 짜증과 울분이 쌓인다. 불행한 마음이 꽃을 피우는 것이다.

주변의 성공에 사심 없이 마냥 기뻐하지 못하는 나의 속 좁은 마음을 탓해도 어쩔 수 없다. 내 맘이 그렇게 흐르는 것을 어떡한단 말인가. 그렇다고 지금의 내 상황이 나쁜가? 절대 아니다. 그런데 나는 왜 이런 스트레스를 결코 멈추지 못하는가.

교과서적인 답을 해볼까. 타인의 행복이 나의 불행이 될 것도 전혀 아니거니와, 냉정하게 바라보아도 나는 그다지 불행할 필요가 없는 사람이다. 방송인으로 많은 사람들의 사랑을 받고 있고, 세상 최고의 여자를 만나 결혼도 했고, 부모님 건강하시고, 서울에 전셋집 하나도 있고, 뭐 저축도 조금 했고…….

아는데 쉽지가 않다. 사람의 마음은 결국 현재보다 조금은 더 나아져야 상쾌해지는 간사한 것이거든.

사이좋은 사돈의 정기 모임

내 주변 수많은 친구들의 공통된 조언.

"세상에 사돈 사이만큼 어색한 건 없다."
"최대한 만남의 절대량을 줄이는 것이 필요하다."
"어쩔 수 없이 만나더라도 아무 말이나 하지 마라."
"침묵을 메우려 하지 말고 즐겨라."

결혼 전, 상견례를 준비하던 나는 신경이 곤두설 수밖에 없었다. 거란의 소손녕을 만나는 고려의 서희처럼, 왜구를 만나는 조선의 이예처럼 운명을 걸고 만나는 건곤일척의 순간. 난 장소부터 메뉴까지 최대한 섀도복싱을 거듭하며 신중하게 그날을 준비했다.

먼저, 모르는 사람끼리의 만남이다보니 부족할 수 있는 화제들. 나는 대화가 끊어질 때를 대비해 가볍게 대화를 틀 수 있도록 다채로운 메뉴로 이루어진 코스를 예약했다. 술도 필수. 한두 마디 적절히 보탤 수 있는 샴페인과 와인을 미리 식당에 맡겨 칠링해두었다.

또하나 심혈을 기울인 것은, 처가가 있는 일산과 본가가 있는 신촌과의 거리 배분. 진정한 강호는 싸움터를 정하는 데 있어서도 서로를 배려하기 마련이다. 각자의 본진으로 오라고 하는 것은 상대의 기분을 상하게 하는 일이니까. 지도에 자를 대보았다. 고심 끝에 성산 쪽에 있는 일식집으로 예약.

자, 그래서 그날의 결과는 어떻게 됐냐고? 걱정할 시간에 인형 눈을 붙이거나 하드디스크 조각 모음이나 할 걸 그랬다. 비슷한 연배의 아버지들은 초면부터 너무 잘 맞는다며 기쁘게 술잔을 기울였고, 어머니들 또한 자매처럼 정답게 지내는 친구가 되었다. 매달 한 번씩 만나자는 이야기가 나올 정도로 모임은 성공적이었달까.

오늘 저녁 자리도 그런 의미에서 만들어진 온 가족 정기 모임이다. 노량진에서 킹크랩을 쪄 와 갈릭버터를 발라 오븐에 굽고, 횟집에서 떠 온 모둠회를 먹은 후 매운탕을 끓였다. 가족 모두 신나고 즐겁게 함께했던, 행복한 하루.

친한 작가의 추천으로 『오로지 일본의 맛』이라는 책을 읽었다.

중학생 때, 난 오사카에 머문 적이 있다. 해외 교환 홈스테이 프로그램을 제공하는 LABO라는 그룹. 그것은 음악과 춤을 통해 영어만이 아닌 다양한 언어를 습득할 수 있는 과정이었고, 나는 그 일환으로 어학연수를 떠난 것이었다.

내가 머물렀던 곳은 오사카시의 고사카 지역. 관광객들에게 친숙한 글리코 만세 아저씨가 있는 도톤보리에서 열차로 15분 정도면 갈 수 있는 곳이다. 코리아타운과도 가깝다.

어린 시절 경험했던 당시의 문화적 충격은, 마치 알에서 처음 나온 오리가 처음 본 대상을 엄마처럼 쫓아다니는 것만큼이나 꽤 오래 남아 있다. 비싸서 큰마음을 먹어야 살 수 있었던 엄청난 크기의 빼빼로. 바삭하게 구워주었던, 그땐 오코노미야키인지도 몰랐던 부침개. 물이니 주스를 어떻게 시키는지 몰라 외쳐댔던 콜라. 무지의 소치로 거의 한 달 동안 매끼 콜라를 먹었다. 무지막지한 장난감의 화려함에 눈이 번쩍 뜨였던 토이저러스. 놀랍도록 빨랐던 신칸센을 타고 떠난 스키 여행. 그리고 열차 안에서 먹은 고등어 초밥 도시락.

가장 인상적이었던 건 그들의 친절한 응대였다. 다다미방 두 개의 좁은 집에 나까지 여섯. 하지만 그들은 나를 너무나도 따뜻하게 재워주고 먹여주고, 온탕의 물도 가장 먼저 쓰도록 배려했다. 말은 잘 통하지 않았지만 매일매일 말과 행동으로 보여주는 그들의 친절에 난 진심으로 감동했고 한국에 돌아온 뒤에도 한참 동안을 연락하며 지냈더랬다.

민간 외교란 결국 이런 것들이 아닐까? 한 명 한 명 찾아오는 관광객들을 그저 돈벌이 수단이나 정책적인 성과의 숫자로 볼 것이 아니라, 마음을 다해 친절을 베풀고 가공되지 않은 솔직한 우리만의 모습을 보여주는 것. 나는 그것이 그 어떤 화려한 축제나 행사보다도 사람들을 불러오는 가장 큰 힘을 지닌다고 생각한다.

『오로지 일본의 맛』의 저자인 세계적인 칼럼니스트 마이클 부스 또한, 일본에서 그러한 매력을 느낀 것 같다. 일본의 음식과 문화에 찬사와 찬양을 거듭하는 영국인의 칭찬에 샘이 날 정도였다. 얄미운 일본.

모두가 평안하기를

비가 어마어마하게 온다. 하늘에 마치 구멍이 난 것처럼 미친듯이 비가
쏟아졌다. 이 비를 뚫고 굳이 전철을 타고 합정까지 가서 운동을 했다.
아침부터 힘들었지만 기분은 상쾌했다.

러닝머신을 달리다 본 고속도로 사고 동영상이 머릿속을 떠나지 않는
다. 졸음운전을 했던 버스 기사가 정체된 도로 위에 서 있는 차량을 들
이받은 사고였다. 차량은 무기력하게 구겨졌고 타고 있던 오십대 부부
는 그 자리에서 사망했다는 소식이었다. 옆에 있던 차량 블랙박스 화
면이 매스컴을 탔고, 처참한 차량의 모습에 나를 포함한 많은 사람들
이 충격을 받았다.
어디로 향하고 있던 부부였을까? 어떤 대화를 나누고 있었을까? 가족
들의 마음은 어땠을까? 남겨진 이들의 상처가 오래가지 않길. 그리고
생면부지의 사람 때문에 무고하게 세상을 떠난 그 부부의 영혼이 따뜻
한 곳에서 행복한 안식을 취하기를 바란다.

드라마 대본 리딩은 어려워

드라마 〈20세기 소년소녀〉 첫 대본 리딩이 있었다. 대본 리딩이라는 작업은 항상 긴장되는 일이다. 그리 경험이 많지 않은 나로서는 언제나 익숙할 수가 없는 상황. 모든 사람들이 다 나를 쳐다보는 그 순간을 마냥 즐기기란 쉬운 것이 아니다.

예전 드라마 〈그래, 그런 거야〉에 참여했을 때의 추억이 떠오른다. 연기 경력 30년이 넘는 선배에게도 불호령을 내렸던 김수현 선생님과의 리딩. 대본의 내 차례가 다가오는 것이 어쩜 그렇게도 무서웠는지. 한 줄 한 줄 내려갈 때마다 손에 땀을 쥐고, 어디론가 숨고 싶어졌다.

다시 오늘. 뭐든 큰 경험 뒤에 마음이 단련되듯 이번 대본 리딩은 예전보다는 마음이 좀 편안해진 것 같다. 즐겁고 재미있게 잘 마무리하고 회식 자리를 가졌다. 어색한 기분에, 그리고 내가 했던 이번 연기가 '개인적으로' 마음에 들어 술을 제법 마셨다.

그녀의 눈물을 잊지 않으리라

아내가 내 품에 안겨서 울었다. 회사에서의 상황에 한계가 온 것. 미운 마음을 드러내고 싶은 사람들이 많지만 그러지 않기로 한다. 그 분노와 울화를 표현해봤자 해결될 일이 전혀 없기 때문이다.

울던 아내는 나의 위로 스킬이 늘었다며 칭찬을 한다. 레벨업 전의 나는 문제에 봉착했을 때 그 미션을 어떻게 해결할지 몰두하는 캐릭터였다. 그렇기에 현재의 과업을 살피고 우리가 나아가야 할 길을 제시해주는 것을 위로라고 여기던 사람이었다. 그렇기에 해결할 길이 보이지 않는 지금의 MBC에 의해 우리가 고통받는 것은 지나친 반복이며 감정의 낭비라고, 더 밝고 좋은 일들을 생각하자고 설득하는 일이 잦았다.

하지만 이제는 안다. 그저 아내를 꼭 안고 토닥거리며 끝까지 이야기를 함께 나누는 것만으로 큰 위로가 될 수 있음을. 해결보다는 공감이 더 큰 힘이 될 수 있음을.

에어컨이 복지

〈프리한19〉 납량특집 녹화를 했다. 과거에는 이런 특집들이 참 많았었는데, 폐가 체험 같은 것. 녹화 전 회의에서 여름이면 더위를 식히는 이런 특집 편성이 확 줄었다는 얘기를 나눴다. 납량특집이라는 말 자체도 이젠 잘 쓰지 않는다. 단지 화면을 보는 것만으로는 시원해질 수 없는 더위에 우리가 함락되었기 때문인지도.

몇 년 새 날씨가 덥긴 무지하게 덥다. '에어컨이 복지'라는 말이 나올 정도. 실은 나도 에어컨을 막 틀지는 못한다. 결국 원리는 냉매를 통해 안의 더운 공기를 식히고 밖으로 더운 바람을 빼내는 것 아니던가. 바깥 사정이야 어찌 됐든 나만 시원하자고 트는 것 같아서 썩 달갑지 않다. 다른 사람들은 안중에도 없는, 그런 기분이 든다. 특히나 거리에 즐비한 실외기 앞에서 이런 생각은 더 커져만 간다.

근데 그게 다 무슨 소용이람. 너무 더워서 숨이 막히고 잠이 안 온다. 특히나 혼자 잘 때는 몰랐던 세계다. 둘이 한 침대에서 자는 것이 이리 더울 줄이야. 뒤척이며 리모컨을 만지작거리고 주저주저하다가 소심하게 냉방 버튼을 눌러보았다. 5분 뒤에 다시 꺼야지.

더 이상 무의미한 주입식 교육

영어토론대회 폐막식을 했다. 내년에는 더욱더 좋은 대회로 만드리라 다짐했다. 대회가 끝나고 디베이트 코리아 이사를 맡고 있는 변호사 친구와 소주 한잔을 기울이며 이런저런 이야기를 했다. 함께 과학고를 준비하며 중학교를 같이 다닌 수재다. 그 친구는 붙었고 나는 떨어졌다. 그리고 나는 지금 이렇게 살고, 내 자리를 뺏은 그는 서울대 법대를 거쳐 사법고시를 패스한 뒤 국내 굴지의 로펌에서 근무중이다.

사실 대형 로펌이라는 곳이 항상 기업이나 큰 조직을 클라이언트로 두다 보니 그들을 '악마를 변호하는 자'로 인식하는 사람들이 많다. 집단에 대한 판단이야 그렇겠지만 내가 아는 (내 주변이라서 그런지 몰라도) 그곳의 많은 변호사들은 의외로 정의감이 넘치며 사회 부조리에 대해 비판적인 이들이다. 결국 그들에게 부족한 것은 용기 정도가 아닐까. 누구도 책임질 수 없는 인생이라는 큰 명제 앞에서 작아질 수밖에 없는 그들. 하지만 거기엔 항상 자기모순이라는 고통이 따른다. 결국 차가울 수밖에 없는 것이 강자에게 유리한 법적 정의이고, 최대한 그들은 그 세계를 공고히 하는 첨병이 되고 만다.

그와 함께 소주잔을 부딪히며 교육에 대한 이야기를 나눴다. 어떻게 보면 지금의 교육 시스템에서 많은 것을 얻은 그와 내가 동의한 지점은, 이렇게 모든 이가 고통받는 제도를 계속 유지할 의미도 이유도 없다는 것이다. 주입식 교육을 통해 많은 내용을 잘 기억해내고 문제 푸는 기술만을 향상시키는 것을 교육이라고 말할 수는 없다.

때마침 한 중진의원의 아들인 삼십대 판사가 지하철에서 여성의 다리를 찍다가 경찰에 잡혔다는 기사가 떴다. 수능 만점, 서울대 입학, 사법고시 패스 그리고 어이없게도 그는 성폭력 전담인 현직 판사라고 한다. 아직 판결은 나지 않았으니 지켜봐야겠지만, 그는 스마트폰 오류로 자동적으로 사진이 찍혔다고 진술했다고 한다. 여성의 특정 신체 부위를 정확한 각도로 초점을 맞추어 찍을 수 있는 우연의 확률은 얼마나 될까. 이것 하나만은 확실하다. 우리가 지금 유지하고 있는 교육 시스템에서 그는 최고의 학생이었으며 최고의 결과를 낸 우등생이었다는 것.

우리는 꽤 술을 많이 마셨다. 정의와 옳음을 외쳤던 토론대회의 젊은이들이 세상에서 받을 상처와 억울함 들을 걱정하며 그리고 미안해하며.

● 중진의원의 아들은 같은 해 12월, 성폭력 범죄의 처벌 등에 관한 특례법 위반 혐의로 기소돼 벌금 300만 원이 확정됐다. 대법원은 품위 손상 등을 이유로 감봉 4개월 징계 처분을 내렸다.

인류는 어디로 가게 될까

〈차이나는 클라스〉 오늘의 주제는 인류학이었다. 과연 우리가 속한 세계는 어디로 가게 될까?

고전경제학 성장이론 중에는 소로우 모형이라는 것이 있다. 논리는 단순명쾌하다. 경제가 성장하기 위해서 가장 중요한 것은 인구의 증가. 즉, 인구가 늘면 경제가 성장하고, 반대로 줄어들면 그 경제는 계속 마이너스성장을 할 수밖에 없다는 이론이다.

소로우의 이론에 따르면 우리의 앞날은 어둡다. 한국은 이미 초고령사회로 진입했으며 출생율 역시 급격하게 감소하고 있는 수준이다. 1990년대에 들어서며 두 명이 만나 한 명을 낳기 시작했으며, 이젠 한 명 이하로 줄어들 가능성까지 점쳐지고 있다. 베이비붐 세대에 매년 100만 명 정도가 태어났던 것이 이제는 기껏해야 30만 명을 갓 넘는 수준을 유지하고 있다. 산술적으로 이 추세가 계속된다면, 수백 년 뒤에 한국인은 마지막으로 한 명만이 남게 될 것이며, 그가 세상을 떠나게 되면 공식적으로 대한민국은 영토 주권만 가진 빈껍데기 나라, 즉 국민이 없어 문을 닫는 날이 온다는 예측까지 나오고 있다.

'인류 멸종'이란 섹시한 주제로 진행된 강의는 꽤 흥미로웠다. 이런 흐름이 지속된다면 어떤 직업들이 생겨날 것이며, 무엇이 사라질까? 부동산의 흐름은? 과연 어떤 평수의 집이 앞으로 더 늘어나며 선호하게 될 것인지에 대한 이야기로 시간 가는 줄 몰랐다.

출연자 각자의 가족계획을 이야기하다가 문득 나의 미래 가족에 대해 상상해보았다. 나는 때가 되면 몇 명을 어떻게 낳게 될까? 기본적으로 나 혼자 결정할 문제는 아니지만, 난 아들보다는 딸이 좋긴 하다. 그리고 가능하다면 아들딸 모두를 길러보고 싶다. 한 번뿐인 인생, 두 성별을 다 키우며 딸의 매력과 아들의 단점을 다 겪어보고 싶다. 자녀를 무등 태워 놀이공원에 가고 싶고, 함께 농구를 하며 파리채 블로킹을 날리면 인생만사 꿀잼일 것 같다.

순간의 선택이 인생을 바꾼다

한 기업 행사의 20주년 기념식에서 MC를 봤다. 과거 1998년부터 시작된 D제약의 국토대장정. 20년간 총 참가 인원만 3천 명에 가깝고 지금껏 그들이 걸어간 거리만 해도 1만 킬로미터에 달한다고 한다. 중간중간에 상영되는 자료화면을 보니 문득 나까지 뭉클해졌다. IMF로 신음하던 1998년, 우리 모두에게 용기를 주기 위해 만들어진 이 프로그램. 자연스레 1998년에 갓 대학에 입학한 나를 떠올린다. (어우야, 나이 많죠?) 만약 내가 국토대장정에 참가했으면 지금 난 어떻게 되었을까? 단 한 번뿐인 인생은 순간의 선택으로 인해 의외의 곳으로 흐르게 마련이다. MBC 〈인생극장〉의 이휘재 선배가 그랬듯, 영화 〈슬라이딩 도어즈〉의 기네스 펠트로가 전철에 몸을 싣듯 말이다.

신입생 환영회에 우연히 내 옆에 앉은 친구, 한두 마디 말을 주고받고 다음날 나란히 수업 시간표를 짠다. 함께 다니다보니 비슷한 점이 계속 튀어나오고, 금세 가장 친한 친구가 된다. 착하고 순하지만 또 꼼꼼해서 자신의 것을 잘 챙기는 싹싹한 친구. 그 친구를 따라 이런저런 동아리의 문을 두드리며 떠돌다가 우연히 연세대 한국상경학회에 가입한다.

거기서 만난 여섯 명의 동기. 우리는 매일 수업이 끝나면 술로 세월을 보냈으며, 도서관에서 함께 빈 우유팩을 찼다. 미팅, 소개팅에서 폭탄으로서의 자질을 유감없이 발휘하며 같이 대성리, 강촌으로 MT를 다녔다. 방학 때는 함께 배낭을 메고 유럽에 다녀오고, 또 새 학기가 되면 서로에게 민폐인 줄 알면서도 같이 수강 신청을 하고 만다.

만약 내가 그 당시 오른쪽에 앉은 그와 말을 트지 않고 왼쪽의 친구와 함께 어울렸다면? 상경학회 벽보 대신 그 옆에 붙어 있던 국토대장정 포스터를 보았다면? 그랬다면 나는 지금 20주년 행사장에서 마이크를 잡는 대신, 체육관 왼편 스탠드에 마련된 1기 선배 자리에 앉아 같이 꼭짓점 댄스를 추며 그때를 추억하고 있을지도 모를 일이다.

우연이라는 것이 그때엔 사소한 것일지는 모르겠지만, 결국 그것이 인생의 큰 변화를 가져올 수도 있다는 생각이 든다. 무릇 지금 운동장에서 서로 얼싸안고 눈물을 흘리며 서로를 격려하는 저 구릿빛 피부의 청춘들이 멋진 선택만을 하길 바란다.

우리의 미래는 어떠할까

『호모 데우스』를 읽었다. 유발 하라리는 『사피엔스』라는 저작으로 학계의
방탄소년단이 되었다. 역사학자로서 선풍적인 인기를 구가하고 있는 그.
『사피엔스』는 지금껏 우리 인간이 어떤 경로를 통해 지구를 정복했는지
를 설명해주고 있다. 농업혁명, 인지혁명, 산업혁명을 거쳐서 고도로 산
업화되고 조직화된 사회를 이룬 우리는 결국 지구의 지배자로 자리매
김할 수 있었다.

더이상 냉전도 체제 논쟁도 없는 지금, 유발 하라리는 지금의 지구를 점
하고 있는 거의 유일한 믿음은 인본주의라고 역설한다. 과거 신에게 모
든 것을 의존하는 데서 벗어나 인간은 스스로의 경험을 통해 모든 것을
인식하고 그것을 기준으로 행동하기 시작했으며, 지금까지도 인간이 모
든 판단의 주체이자 근거라는 흐름은 지속되고 있다고 한다.

그렇다면 먼 미래의 우리는 어떨까? 인간은 이 수준에 안주하며 계속해
서 자유주의에 근거한 인본주의에 머물 것인가.

유발 하라리는 그렇지 않을 거라고 하네요. 끊임없이 발전된 기술과 데
이터 처리능력으로 말미암아 계속해서 발전해나가고 있는 인공지능은

아마도 다수의 인간들을 대체할 것이며, 선택받은 소수들은 이러한 발전된 기술로 불멸과 신성神性을 갖춘 호모 데우스, 그야말로 신적인 인간이 될 것이라고.

하라리는 그 시점이 되면, 우리가 가지고 있는 지구상의 모든 것들이 새로운 문법으로 해석될 것이라고 한다. 이미 수많은 실험 결과를 통해 사람들은 바흐와 헨델을 모형으로 AI가 만든 곡을 인간이 작곡한 것이라고 느끼며, 알파고는 바둑의 제왕들을 압도적인 전력 차로 모두 꺾고 얄밉게도 현역 은퇴를 선언했다. 또한 실험중이기는 하지만 자율주행 자동차는 인간이 주행하는 것보다 안전하다는 것이 사고율과 횟수 등의 숫자로 증명되고 있다. 요즘은 CF와 영화 예고편도 인공지능이 만든다. 궁금하면 찾아보시길. 영화 〈모건〉은 감독과 연출의 개입 없이 영화의 예고편을 AI가 혼자 만들었다.

하라리는 우리의 사고로는 미래를 보는 데 한계가 있다고 말한다. 선사시대와 중세시대의 누군가가 지금의 세상이 올 거라고 했다면 그들은 어떻게 받아들였을까. 우리는 결국 말도 안 된다고 했었던 상상의 세계가 현실이 되고 눈앞에 펼쳐지고 있는 것을 보고 있지 않은가.

109

다시 라디오를 한다면

오랜 동료들을 만났다. 10년 전 〈굿모닝 FM 오상진입니다〉를 진행할 때 함께 일하던 작가들이었다. 그때는 파릇했던 막내 작가도 어느새 서른넷의 메인급이 되어 있었다.

나는 모름지기 라디오 DJ라는 자리엔 인생의 무게감을 가진 사람이 앉아야 한다는 생각을 가지고 있었고, 당시 서른이던 나는 과연 내가 이 일을 할 수 있을까 자신이 없었다. 몇 번의 고사 끝에 프로그램을 맡았었다. (담당 PD는 그때 내가 끝까지 고사했어야 한다고 지금도 농담을 건네고 있다.) 막상 시작하니 너무나도 어려웠다. 큐시트는 뉴스, 교통, 날씨, 퀴즈, 영어 등의 코너로 숨쉬기조차 어렵게 꽉 차 있었고 심사숙고 후 필터링을 해서 말하는 습관을 가진 나에겐 흐름을 따라가는 것조차 버거웠다.

기본적으로 수다가 장착이 되어야 라디오를 잘할 수 있다고 생각한다. 첫 주 동안의 라디오를 다시듣기로 모니터링하니 내가 들어도 엉망이었다. 당황하고 긴장했던 나는 청취자들에게 말을 건네듯 자연스럽게 이야기하지 못했다. 많은 이들이 어색하다는 소감을 남겼고 비판했다. 이전 DJ를 돌려달라는 문자는 적잖은 상처가 되었다.

근거 없는 악플은 무시할 수 있다. 하지만 그 비판에 나 역시 공감할 때는 그렇지 못하다. 매일 아침 다가오는 그 시간의 라디오는 내게 큰 고통이었고, 힘든 순간이었다. 그러던 어느 날, DJ 부스에 앉으니 놓여 있던 인형. "이 친구에게 말을 한다고 상상하며 해봐"라는 PD 선배. 고심 끝에 그가 내놓은 해결책은 조금씩 효과가 나타났다. 역시 시간이 약인가. 나는 느릿느릿 정말로 조금씩 라디오에 적응할 수 있었다.

라디오 작가의 위엄은 오프닝에서 나온다. 가장 핵심적인 역할. 오로지 메인 작가만이 오프닝을 쓸 수 있다. 며느리도 모르게 양념을 만드는 마복림 할머니처럼, 그들은 누구에게도 넘기지 않고 직접 그 글을 쓴다. 다른 코너나 중간 브리지를 쓰는 작가들은 반대로 그 자리에 오르기를 희망하며 선배들의 구박을 참고 견뎌낸다.
오늘 만난 권작가의 오프닝을 잘 읽지 못해서 항상 미안했다. 그녀가 그때 썼던 원고들이 묶여 세상에 나왔다. 소리내어 읽어본다. 지금 읽어도 참 좋다. 나도 나이를 먹으며 조금 더 성숙했다는 것을 느끼지만, 그때의 나를 생각하면 실실 미소 짓게 된다. 다시 라디오를 한다면 잘할 것 같은 덧없는 기분이 들었다.

부산으로 왔다. 아난티 코브의 '이터널 저니'를 둘러본다. 1년 전쯤 이 장소를 준비하는 선배와 나눴던 대화를 떠올렸다. 과연 그는 500평이라는 거대한 서점을 어떻게 만들었을까? 직접 보니 기대 이상이었다. 멋진 디자인은 차치하고서라도 그 공간을 구상하고 있는 철학과 아이디어는 참으로 매력적이었다.

긴 고민 끝에, 이곳에서 아내는 결국 MBC를 떠나기로 마음먹었다. 나는 지지했다. 아무 말 없이 긴 시간 동안 바다를 바라보는 아내. 앞으로 그녀를 위해 무슨 일을 할 수 있을지 나도 열심히 생각해보련다.

오리지널리티와 대중성

서울로 돌아가는 날. 공항에 가기 전 돼지국밥집에 들렀다. 까까머리 친구들과 남포동 국제시장에서 미제 청바지를 뒤적거리며 먹던 오리지널의 돼지국밥 스타일은 아니었다. 족히 몇 센티미터가 되던 기름층도 오묘히 코끝을 찌르는 특유의 잡내도 없어졌다. 왜 이렇게 원래의 모습을 잃은 것일까. 개성 강했던 문제아가 특징 없는 범생이가 되듯 심심해졌다.

대중화라는 것에 대해서 생각한다. 많은 사람들이 즐길 수 있게 하는 것이 중요한가, 아니면 고유의 색깔을 유지하는 것이 중요한가? 나는 후자를 지지하는 편이다. 물론 장사를 하는 입장에서 잠재고객을 뿌리치기란 쉽지 않다는 것을 잘 안다. 역사란 고여 있지 않고 움직여야만 하며, 음식도 시대에 따라 그래야 한다는 것에 동의한다. 하지만 변화 앞에서 무기력하게 사라지는 추억들이 못내 서운하다.

문득, 어린 시절 처음 먹었던 그 돼지국밥이 그리워졌다. 부산동물원 근처의 식당이었던 것 같다. 아무튼 아쉬운 것은 아쉬운 것이다.

서울에 올라와 아내는 사직서를 썼다. 그녀의 행복을, 내 모든 것을 바쳐 응원한다.

113

아내가 사표를 냈다

드디어, 아내가 사표를 냈다. 걱정되고 초조하다. 아무것도 손에 잡히질 않는다. 궁금해 물으니, 아내의 퇴사 통보를 접한 보직 부장들은 아내에게 '그동안 미안했다'는 말을 했다고 한다. 내가 회사를 떠날 때와 똑같다. 결국 어쩔 수 없었다는 이야기였을 것이다. 이해하고 인정한다. 다른 사람을 보호하기 위해 자신이 다치고 싶진 않았을 테니. 남보단 내가 중요하니까.

나에게 걸려오는 한 통의 전화. 후배였다. 격양된 목소리로 아내의 퇴사가 사실인지 묻는다. 나는 그렇다고 말했다. 아내의 선택이며 존중한다고 했다. 화가 난 후배는 분에 못 이기는 소리로 회사 사람들에게 저주를 퍼부었다.

"말리지 그랬어, 형."

"할 수 있는 모든 걸 다 해본 것 같아. 그렇게 됐다. 응원해줘, 소영이를."

회사에서 돌아온 아내. 역시 불안해했다. 본인의 선택이 잘한 일인지 계속 되묻는다. 난 모든 게 잘될 것이며 괜찮아질 거라고 했다. 하지만 내가 사표를 던졌을 때와 마찬가지로, 모든 것이 안갯속이다. 누가 알겠는가.

다만 내가 원하는 것은 아내의 행복이다. 꼭 안고 "잘했어. 더 행복해지자. 행복해지자. 행복해지자." 그렇게 다짐했다. 회사에 출근해 벽만 바라본 채 모든 업무에서 제외된 1년여의 시간. 무거운 짐을 내려놓은 그녀가 행복하기만을 바란다.

"나를 미워하지 마."
회사의 누군가가 아내에게 남긴 마지막 말. 나도 4년 전 그에게 사표를 냈었다. 그는 여전히 미움조차 받고 싶지 않은가보다. 결국 애정까지 받으려고 하는 것은 얼마나 초라한 일인가. 진심으로 그의 행복도 바란다. 무엇을 원하는 사람인지는 아직도 잘 모르겠지만.

아내의 퇴사 이후 여러 매체에서 인터뷰 요청이 왔지만, 자극적인 기사가 아닌 우리의 이야기를 온전히 전할 수 있는 곳이면 좋겠다고 생각했다. 기사가 어떤 맥락으로 나갈지 알 수 없는 상황도 두려웠다. 아내의 입장을 잘 이해해주고 길게 대화를 나눌 수 있는 곳이 필요했다. 그래서 소영이가 선택한 매체는 『허핑턴포스트』.

SNS을 기반으로 한 온라인 언론, 젊은이들이 주로 보는 신문이다. 게다가 어떤 기성언론도 그들의 기사를 인용하지 않는다. 당연히 인터뷰 기사가 포털 메인에 올라갈 일도 없다.

"잘하고 와."

아내에게 말했다. 담대하게 잘할 거라고 믿었다. 인터뷰가 끝난 뒤 얼마 되지 않아 올라온 기사. 그중에 한 줄이 마음에 밟혔다.

사표를 내자고 결심한 건 얼마 안 됐어요. 어느 날 나는 왜 이렇게 힘들까 생각했어요.

말로는 헤아릴 수 없는 행간의 수많은 고민과 울분과 슬픔을 아는 나에
겐 저 짧은 한 줄이 너무나 길게 느껴졌다. 행신동 집 앞에 세워둔 차 안
에서, 상수역의 카페에서, 상암동 회사의 뒷골목에서, 자신을 괴롭히는
모든 것들을 혼자서 겪어야 했던 아내와 함께했던 모든 순간들이 떠올
랐다. 남편으로서 위로 말고는 해줄 수 있는 것이 없는, 나의 무기력함
으로 인한 분노까지도.
집으로 곧 돌아올 아내에게 세상에서 가장 밝은 미소를 보여줘야겠다.

누가 생각의 자유를 빼앗는가

『수인』이라는 자전을 낸 황석영 작가와 만났다. 사실 역사의 큰 역경들을 겪어낸 인물들의 진정한 매력은 자신들이 한 일에 대해서 쿨하게 별일 아닌 듯 넘기는 태도이다. 물론 그에 대한 비판들이 많은 것도 안다. 그도 사람이니, 매번 최선의 선택을 하고 좋은 결과를 만들지는 못했을 것이다.

하지만 그가 대단했던 점은 5·18이라는 시대정신을 외면하지 않은 것. 『장길산』이라는 대하소설을 완성하고 세상에 대중작가로서의 경력을 본격적으로 시작할 수 있었던 시기, 『죽음을 넘어 시대의 어둠을 넘어』라는 책을 통해서 다시금 광주라는 것이 우리 모두 함께 기억해야 할 마음의 빚임을 생각하게 만들었다는 것만으로도 그를 인정해야 하지 않을까?

그가 겪은 5년 동안의 수감생활. 간첩이라는 누명. 결국 무한히 반복되는 역사 속의 고통은 소수의 권력에 대한 어리석은 집착 때문이다. 오랜 기간 동안 그는 빨갱이로 몰려 간첩으로 오인받았고, 복권되기까지 수많은 탄압을 받을 수밖에 없었다.

그가 했던 이야기 중 가장 기억에 남는 일화. 어느 때보다 자연스러워야 할 오케스트라 공연 뒤의 앵콜 무대 그리고 이어지는 커튼콜. 하지만 북한 공연단은 관객들에게 인사를 하는 과정에서 지나치게 열병식처럼 움직였다고 한다. 음악으로부터의 감동을 함께 나누는 그 순간에도 보여지는 부자유스러움이 싫어, 황 작가는 랜덤하게 일어나는 훈련을 따로 두 시간씩 해야 했다고.

누가 생각의 자유를 빼앗는가. 누가 사람의 자유의지를 빼앗을 수 있는가. 세상 사람들이 물질의 노예가 되고, 자본을 먼저 차지한 자들이 그것을 독점하며 결국 수많은 노동자들이 나락으로 떨어지고 있는 불합리함을 발견한 마르크스가 원했던 것이 이것은 아니었을 것이다.

남한의 일도 크게 다르지 않았다. 자신의 권력을 유지하기 위해 사람들을 희생시키라는 명령을 내린 것은 있을 수 없는 범죄이다. 광주의 일은 여지없는 공권력의 폭압이자 군병력이 저지른 민간인 학살이었다.

말도 많고 탈도 많던 『전두환 회고록』은 결국, 일부 내용을 까맣게 가린 채 재출간되었다.

소영이의 트렌치코트 쇼핑기

결혼한 지 오늘로 꼭 100일이 되는 날이다. 결혼식에 오셨던 선배님 한 분이 보내주신 꽃과 와인 그리고 편지가 아니었으면 둘 다 모르고 지나갔을 하루.

기분 전환도 할 겸 쇼핑을 가기로 했다. 오래된 구두가 낡아 새 신발을 사야 했다. 찾아간 곳은 시내의 한 백화점. 주말 오후, 명동엔 정말 사람이 많았다. 주차 라인이 너무 길어 한참을 기다렸지만 꿈쩍도 하지 않았다. 옆에 있는 호텔에 비싼 요금을 내고 주차를 할 수밖에 없었다. 정작 백화점에 가니 구두값은 왜 그리 올랐는지. 결국 고민 끝에 좀더 저렴한 할인매장에서 구두를 사기로 한다. 내 쇼핑은 여기서 스톱.

이제 소영의 차례. 대부분의 남성들에게 쇼핑은 고역으로 느껴진다고 하지만 나는 그렇진 않다. 예쁜 여성복이나 화장품, 가구나 디자이너 소품 등의 물건들을 보는 것도 꽤 좋아하는 편이다. 실제로 외국 가서 꼭 사 오는 것이 주방용품이나 그릇이기도 하고. 하지만 아무리 그래도 살 물건도 없이 백화점에 가진 않는다. 필요한 물건을 미리 검색해 비교 분석을 끝내놓고 망설임 없이 매장에서 픽업 그리고 결제.

하지만 아내는 사전 준비 못지않게 검색과 비교 분석 과정을 현장에서도 한다. 그것도 아주 심사숙고하는 스타일. 오늘도 신중에 신중을 거듭한다. 예전부터 너무나도 갖고 싶어하던 트렌치코트. 개버딘 소재의 영국군의 유니폼에서 유래한, 누구나 다 아는 그 고급 브랜드.

며칠 전 CF도 찍었겠다, 난 소영에게 그 코트를 사주고 싶었다. 이미 결혼 전부터 신혼여행까지 대여섯 번이 넘게 계속 그 매장에 들러 코트를 보던 아내의 모습이 눈에 밟혔기 때문이었다.

하지만 오늘도 그 과정은 순탄하지 않다. 옷을 입고 거울을 보며 잘 어울리는지 물어본다. "어울려" 정도의 말로 때우면 안 된다. 아내는 디테일한 장단점을 얘기해주길 바란다. 처음 입어본 것은 아주 노멀한 모델이었고, 두번째로 약간 특색 있는 디자인을 걸쳐본다. 소영이 좋아하는 핑크빛. 아내는 마음에 들어하는 눈치였지만 예쁘긴 해도 너무 튀면서 질릴 수 있는 컬러라고 말해주었다. 다음 세번째 모델, 난 그게 가장 마음에 들었다. 약간 회색빛이 도는 녹색이라고 해야 할까, 디자인도 특색이 있어 제법 괜찮았다. 아내도 마음에 들어하는 눈치.

그런데 문제는 가격. 신상에다 한정으로 나온 제품. 나는 왜 어디 가서 무심코 골라도 한정판에 세일 제외 상품을 집어드는 걸까. 당연히 가격이 좀 만만치는 않다. 고민에 빠진 소영. 일단 건너편에 있는 면세점의 시세를 한번 봐야겠다고 한다. 조만간 해외 출장이 있어, 마침 차에 여권도 있었다. 귀찮음이 목까지 차올랐지만, 주도권은 나에게 있지 않다. 다행히 면세점에도 해당 모델이 있었다. 당연히 백화점보다는 싼 가격. 하지만 면세 범위가 넘는지라 결국 신고를 하고 가산세를 무는 경우, 백화점 상품권 프로모션 기간에 제공되는 할인과 신용카드 할인을 받은 금액과 큰 차이가 없다는 것을 확인했다. 그렇다면 이제 우리에게 남은 건, 백화점에 돌아가 그 코트를 사는 일.

하지만 아내는 신중한 소비자. 그 매장의 다른 모델들을 검토하기 시작한다. 면세점 한정(한정의 세계는 끝이 없다)으로 나온 또다른 트렌치코트가 새로운 복병. 이 모델의 장점은 가격. 디자인이 특출나게 마음에 들지는 않지만 꽤 매력적인 가격이라 무시할 수 없다는 아내의 이야기. 그렇게 다 끝난 줄 알았던 경기는 그렇게 버저비터를 얻어맞고 연장전에 돌입한다. 다리가 좀 아프기 시작한다.

아내는 시간이 필요하다고 한다. 작전 타임 요청. 그녀는 신중하게 생각해야 하니 근처의 매장을 구경하라는 지시를 내린다. 나는 아내의 손을 붙잡고 평소 관심이 있던, 아마도 살 일은 없을, 고가의 시계 매장으로 들어간다. 친절한 점원들께서는 우리의 이런 사정도 모른 채 내게 무브먼트의 정교함과 디자인의 우수성과 독창성에 대해 설명해주셨다.

그래도 아직 결정하지 못한 아내를 데리고 두 층 위에 있는 편집매장 한 바퀴를 구경했다. 결국 나는 신발 가게에 들러 사지도 않을 신발 몇 켤레를 신어보고, 디퓨저를 하나 구입한다. 그제서야 마음의 결정을 내린 아내. 나를 이끌고 코트 매장으로 향했다.

돈을 쓰는 게 이렇게 기쁠 줄이야. 결제를 하면서도 너무 비싸다며, 과연 잘한 일일까, 사지 않은 모델이 더 낫진 않겠지 하며 내게 물어온다. 투 비 프랭클리, 뭘 입어도 이쁘다. 쇼핑백을 메고 나오는 길에 아내가 환히 웃어서 나도 좋다.
뭐 행복이란 가끔 이렇게 큰돈을 쓰면서도 느낄 수 있는 거겠지. 내 물건을 사지 못했지만 그래도 좋다. 돌아오는 길에 광장시장에 들러 떡볶이를 사 먹고 오랜 단골 할머니 가게에서 김치 몇 포기를 포장해 돌아왔다. 오늘은 '대확행'과 '소확행' 모두를 가져간 날이다.

비운의 소설가가 남긴 평생의 역작

아내가 입사 동기들과 송별회를 하고 있는 저녁. 오래간만에 집 거실에서 마음껏 책을 읽었다. 한국에 유학중인 러시아 친구의 강력 추천으로 접한 미하일 불가코프의 『거장과 마르가리타』. 보통의 러시아 소설과는 달리 초반에 이름을 외워야 하는 부담이 거의 없다. 급속도로 빨려들어가는 빠른 전개. 무엇보다 판타지 소설과 같은 환상적인 매력이 가득하다.

어느 더운 봄날 해질녘, 모스크바의 한 연못가에 볼란드가 나타나 사람들에게 묻는다.
"너는 모스크바 사람들이 많이 변했다는 사실을 아느냐?"
볼란드의 정체는 대놓고 그냥 악마. 그는 부하 네 명과 함께 먼저 모스크바의 극장을 접수한다. 그리고 펼쳐지는 흑마술 공연. 위선으로 가득한 예술가와 정치인 그리고 귀족들은 악마가 뿌려대는 돈과 사치품을 줍기 위해 극장을 아수라장으로 만든다. 그들의 교양과 기품이 허구에 가득찬 거짓임이 드러난다. 결국 모두가 추악한 속물근성으로 가득한 사람들일 뿐이었다.

이 책의 저자 불가코프는 탁월한 상상력을 바탕으로 러시아 최고의 극작가라는 명성을 얻었지만, 권력을 조롱하며 풍자했던 그의 작품들 때문에 결국 스탈린의 탄압을 받는다. 그의 작품은 모든 출판과 상영이 금지되었으며, 그의 동료였던 사람들은 철저히 등을 돌려버린다. 심지어 막역한 친구들 중 몇몇은 그를 정신 나간 사람으로 조롱하기까지 했다. 극심한 억압으로 인한 고통으로 자신의 원고를 불태우기도 했던 그는 결국 스탈린에게 절박한 편지 한 통을 보낸다. '망명을 보내주든지, 생계를 위한 일을 할 수 있게 해주십시오.' 결국 그의 호소를 들어주어 당은 조그마한 극단의 일자리를 허락했고, 그는 그곳에서 쓸쓸히 생을 마감한다.

그의 작품은 결국 그가 숨을 거두기 전에 세상의 빛을 보지 못했다. 생을 마감할 때까지 고쳐쓰고 고쳐쓰기를 반복할 수밖에 없었던 평생의 역작 『거장과 마르가리타』.

살아생전 겪었던 친구들의 배신과 비난 그리고 억울한 누명과 탄압으로 인한 고통이 하늘나라에선 고스란히 황홀한 행복이 되어 보상받길 바란다.

급하게 일정을 잡아 일본으로 향했다. 책방 기행을 쓰고 있는 아내와 취재차 함께 가게 된 여행. 입국장을 지나 게이트 앞에 앉아서 스마트폰을 보니 아내의 퇴사에 대한 기사가 많이 떠 있다. 아내가 마음이 많이 상했다. 파업 대체 인력으로 MBC에 입사했다는 오보 때문이었다. 신입 공채로 입사해 부서에 배치되자마자 선배들의 권유로 파업에 들어가 제대로 일도 해보지 못했던 소영이. 기자들은 왜 이런 오해를 하는 것일까. 참 억울하고 답답했다. 위로한답시고 실시간 검색어 1위를 축하했다가 괜히 혼만 났다.

시부야의 숙소에 짐을 풀고 처음 간 곳은 다이칸야마에 위치한 츠타야 티사이트. 과거 다이칸야마는 구제옷을 파는 소규모 상점들이 모여 있던 고즈넉한 동네였다. 이를 떠오르는 문화의 핵심으로 자리잡게 한 마스다 무네아키의 역작이 바로 이 장소. 츠타야는 이젠 이견이 없는 일본 최고의 복합 문화공간으로 자리매김했지만, 과거에는 만화책이나 음반, DVD 등을 빌리는 렌탈 체인이었다.

126 사실 일반 서점은 일본에서도 사양산업이다. 일본 역시 다양한 미디어

의 등장으로 독서인구가 줄고 있고, 거기에 10년 넘게 지속된 경제적 불황은 서점들의 고사를 촉진시켰다. 츠타야는 그래서 단순히 책을 빌려주고 파는 데에서 더 나아갔다. 스타벅스와의 협업 그리고 선별된 디자이너의 소품 판매, 독창적인 인테리어, 테마가 있는 전시를 함께 제안하기 시작한 것이다.

단기적 수익성만을 따진다면 만들기 어려운 공간들, 책 한 권의 마진을 생각하면 어려운 투자다. 하지만 마스다는 참고 버텼다. 그곳의 매력에 이끌려 거기에 머무는 사람들이 그의 제안을 받아들이고 결국 그 문화를 향유하게 될 때까지. 결국 그의 시도는 성공했고, 이런 문화 소비를 즐기는 사람들이 폭발적으로 늘어나며 츠타야는 성장을 거듭하고 있다. 이곳 역시 고급스러운 장서와 고풍스러운 인테리어들로 꽉 채워놓았다. 인구 1억이 넘는 내수시장뿐만 아니라 각종 분야별로 수많은 오타쿠들이 존재하는 것도 큰 힘이겠지. 잡지만 해도 서가 한쪽을 꽉 채울 정도였다. 인터넷 사용률이 낮은 것도 이유일까.

우리는 2층에 있는 카페에 앉아 차를 마시고, 나오는 길에 『뽀빠이』 잡지 두 권을 샀다.

오늘 향한 곳은 진보초. 일본 출판계의 심장과도 같은 곳이다. 우리에게 친숙한 일본 최대의 출판그룹 중의 하나인 슈에이사(『슬램덩크』, 『드래곤볼』 등을 발간한)의 본사도 여기에 있으며, 1킬로미터가 족히 넘는 칸다 고서점가도 있다. 서점의 동네답게 근처에 가볼 만한 대학들도 많다. 센슈, 메이지, 니혼, 도쿄 전기 대학들이 이 주변에 자리한다.

그 유명한 삼성당 서점과 고서점 가게들을 본 후 찾아간 우리의 목적지는 '책거리'. 이곳은 드물게 일본에서 한국 책들을 살 수 있는 곳이다. 워낙 구석이라 찾기가 쉽지 않다.

2층에 있는 서점에 들어서자 우리를 알아본 사장님이 반갑게 맞이해주신다. 대학 유학을 마치고 한국으로 돌아가는 대신 이곳에 정착해 서점을 운영하고 있는 사장님. 다양한 한국 작가들의 소설을 번역해 일본에 출간하는 일도 하신다고. 최근에 어떤 책이 잘 팔리는지 여쭤보자 요즘은 김영하 그리고 한강 작가의 소설이라는 답이 돌아온다. 입구엔 최근에 다녀간 김연수 작가님의 사인본도 있다. 매월 이벤트를 개최해 일본 내 한국 책 독자들과의 만남도 열고 계신다고.

외국에 나와 한국어로 된 책을 보니 묘한 감정이 느껴졌다. 주변을 둘러보았을 때의 편안함. 힘들게 해독하려 하지 않아도 내 눈으로 들어오는 내용들. 일본 서점들의 한자와 히라가나 가타카나를 보며 곤두서 있던 시각적 긴장이 쫙 풀리기 시작했다.

해외여행을 다니며 내가 자의로 절대로 가지 않는 곳이 있다면 그곳은 한식당. 비싸고 맛이 조금 부족하다는 이유를 차치하고서라도, 굳이 이먼 곳까지 와서 고향 음식을 먹는 것은 시간과 기회의 낭비라고 생각하기 때문이다. 하지만 진보초의 한 모퉁이에서 찾은 서점 '책거리'에 앉아 바다를 건너온 한글 책들을 바라보니 그 마음을 조금은 이해하게 된다. 내가 기댈 수 있는 곳이 많지 않은 외국, 모든 것이 통제할 수 없는 스트레스투성이인 곳에서 이렇게 글자로나마 혹은 국과 밥의 따뜻함으로나마 고국의 향기가 전해주는 편안함을 느낄 수 있기 때문이 아닐까.

초밥 요리사들은 외과의사 같다. 하나하나 혼신의 힘을 다해 만듦이 느껴진다. 잘 갈아진 회칼로 정성스레 회를 다듬는다. 비리고 기름진 정도에 따라 밥과 고추냉이의 비율을 정확히 조절한다. 그래서 바에 앉아 음식을 만드는 그들의 모습을 바라보는 것만으로도 재미가 있다.

그럼 어디에 가서 초밥을 먹어야 할까. 일단 다수의 전문가들을 통해 공통적으로 확인할 수 있는 점은, 두 가지의 부재가 필수라는 것. 수족관 그리고 룸.

비용이나 여러 현실적인 여건 때문에 생선을 보관하기 위해선 어쩔 수 없이 많은 일식당엔 수족관이 있다. 정성껏 고른 생선을 죽일 수 없기 때문. 하지만 숙련된 초밥 요리사들은 수족관에서 하루 반나절씩 시간을 보낸 생선은 잘 쓰지 않는다고 한다. 어시장에서 좋은 생선을 공수해 오더라도 수족관에서 상당한 스트레스와 피로를 받아 맛이 떨어진다. 제아무리 우사인 볼트라도 노숙을 한 뒤에 뛰라고 하면 기록이 좋을 수 없는 것처럼. 그래서 재료는 그날그날 사 온 생선만을 숙성시켜 사용한다. 남은 재료는 본인들이 나누어서 먹거나 버릴 뿐 손님에게 나가는 일은 없다고 한다.

초밥은 시간의 예술이다. 생선뿐만 아니라 밥알을 쥐는 강도와 그 양에 따라 맛이 천지 차이가 난다. 한 명인이 밥을 쥐는 시범을 본 적이 있는데, 밥알의 개수와 중량을 정확히 재는 것도 대단했지만 더 대단한 건 밥을 살포시 쥐는 그 기술이었다. 몇 초 지나니 밥덩이가 스르르 힘이 풀리며 주저앉는 것 아닌가. 주무르면 주무를수록 식감이 떨어지기에 고슬고슬한 밥이 생선과 잘 섞일 수 있도록 세세히 힘 조절까지 해내는 셰프의 솜씨에 감탄하지 않을 수 없었다.

그래서 그들은 룸을 만들지 않는다. 공기에 노출되는 그 시간에도 맛이 떨어지기 때문. 어떤 까다로운 요리사들은 손님이 빨리 먹지 않으면 그 초밥을 치워버리고 새로 만들어 올려놓기도 한다. 물론 손님이 고집하면 어쩔 수 없이 방에서 식사를 하도록 예약을 받기도 하지만, 결코 셰프들이 먼저 권하진 않는다.

호텔의 추천으로 근처에 있는 초밥집에 갔다. 100년 전통을 자랑하는 집. 아내와 함께 맥주도 한잔하고 여러 이야기들을 나누며 여행을 만끽했다.

긴자에 있는 아주 독특한 서점, 모리오카 서점에 갔다.

몹시 더운 여름, 우리는 도저히 서점이 있을 것 같지 않은 주택들과 빌딩숲을 헤맸다. 주류 도매점들이 있었고, 택배 사무소들이 있었다. 아이들이 뛰어노는 공원을 지나 이름 모를 오피스들이 위치한 골목에 들어서자 찾을 수 있었던 서점 모리오카.

이곳은 단 하나의 책만을 파는 곳이다. 다른 책은 없다. 단 한 종류의 책. 미니멀함의 극치. 간판도 없다. 그저 유리창 아래 작은 글씨로 써 있는 '모리오카 서점, 한 권의 책이 있는 공간'이라는 글귀뿐.

짧은 일본어 실력으로 말을 거니 이곳의 책은 매주 업데이트된다고 한다. 그 책에 따라 서점의 모습도 많이 바뀐다고. 꽃이 테마였던 지난주엔 화병들로 가득했고, 오늘은 여러 골동품들을 갖다놓았다. 이번주의 테마는 오래된 소품들. 그야말로 책을 매개로 한 작지만 알찬 문화공간인 셈이다.

일단 걱정부터 됐다. 이 비싼 긴자 땅에서 이런 서점이 과연 유지가 될까. 하지만 사업성과 수익성을 따지기보다는 서점을 열어 단 한 권의 책만을 판다는 그 과감한 결정만큼은 대단하다고 생각한다. 비록 이곳이

132

극단적인 방식이긴 해도, 다양한 책의 홍수 속에서 무엇을 보아야 할지 모르는 독자들에겐 이곳이야말로 최고의 몰입감을 줄 수 있는 장소가 아닐까. 매주 한 권, 패기롭게 본인의 셀렉션을 추천하는 사장의 자신감과 내공이 느껴졌다. 이곳의 주인 모리오카 요시유키 씨는 10년 넘게 서점에서 근무한 오랜 경력을 바탕으로 이곳을 만들었다고 한다.

많이 배웠다. 그리고 우리가 오픈할 서점에 대한 용기도 얻었다.

일본 책방 기행—마지막날

돌아갈 준비를 하며 4박 5일간의 여정을 정리해본다. 도쿄의 홍대라 할 수 있는 시모키타자와에서 들렀던 책&술의 원조 격인 'B&B 서점'. 신주쿠에 있는 식당과 서점의 고급 컬래버레이션 '브루클린 팔러'. 오모테산도의 랜드마크인 '산양당 서점'. 디자이너 마크 제이콥스가 전개한 '북마크'까지.

먹기도 많이 먹었다. 한 시간을 기다려야 했던 돈가스. 온통 순정만화 콘셉트라 묘하게 불편했지만 맛있게 먹었던 팬케이크. 우연히 들른 식당에서 만난 인생 카레. 그리고 매일 저녁 즐겼던 편의점의 술과 안주들.

가장 기억에 남는 건 둘째 날의 프랑스 식당. 여행을 갈 때마다 우리는 가능하면 그곳의 프렌치 레스토랑에 들른다. 비교적 긴 시간 방해받지 않고 둘만의 대화를 즐길 수 있기 때문이다. 전화기를 꺼내지 않고 서로를 마주보며 맛있는 음식과 와인을 즐기며 나눌 수 있는 세 시간 정도의 코스. 우리에겐 결코 지루하지 않다. 둘만의 멋진 파티인 셈이다.

여행 전 몰래 식당에 이메일을 보내 꽃다발과 케이크를 부탁했다. 결혼 100일을 축하하는 나만의 이벤트로 깜짝 선물을 준비했다. 너무나도 기뻐하는 아내를 보니 참 좋다.

숙소에 돌아와 침대에 누워 무라카미 하루키의 신간을 읽는다. 『기사단
장 죽이기』. 그는 이번 소설을 쓰고 나서 일본 우익들에게 엄청난 공격
을 받았다. 지금껏 일본 정부에서 부인하고 있는 난징대학살을 인정했
다는 이유였다. 하지만 하루키는 '내 모든 것들을 잃더라도 나는 할말은
해야겠다'는 인터뷰를 남겼다. 그의 용기에 존경의 박수를 보낸다.

내일은 서울로 돌아가 〈신혼일기〉 사전 인터뷰를 한다.

우리의 처음

강남의 한 카페에서 있었던 〈신혼일기〉 사전 인터뷰. 내가 미처 알지 못했던 점에 대해 그녀는 어떤 이야기를 할지 가장 궁금했다. 소영은 아침에 왠지 우울하다고 했다. 오랜만에 하는 방송을 앞두고 여러 가지 걱정이 들기 때문이리라.

나영석 PD의 프로그램은 극도로 날것을 추구한다. 정해진 대본도 없고 그저 벌어지는 상황을 담아낼 뿐이다. 극도의 자연스러움을 위해 매니저나 스타일리스트들도 녹화 도중 접근할 수 없다. 현장엔 그저 출연자와 제작진뿐. 내가 가져간 옷을 입고, 누구의 손도 빌리지 않은 외모로, 잠들 때까지 모든 일들을 기록한다. 가감 없이 솔직한 모습을 보여주고 제작진의 선택을 믿고 갈 수밖에.

〈신혼일기〉 제작진들은 고고학자 같다. 역시나 첫 키스, 첫 만남, 첫 약속들에 관심이 많다. 유물을 누가 만들었는지, 화석의 연대는 어느 정도 되었으며, 그 근원이 어디서부터 시작되었는지 끊임없이 탐구하듯, 집요하게 물어본다.

인터뷰를 통해 지난 시간을 되짚어보며 문득 우리 사이를 다시금 생각해봤다. 설렜던 순간, 위기의 순간 그리고 환희의 순간까지. 그런데 이런 문제에 있어선 왜 나의 디테일이 한없이 떨어지는 걸까. 팩트 체크에 번번이 걸리는 건 내 쪽이었다. 나 그렇게 머리 나쁜 사람 아닌데. 결코 오래전 일도 아닌데 왜 그렇게 가물가물하던지.

서점 오픈을 준비하며 동네 부동산을 한 바퀴 돌았다. 세번째 부동산에서 만난 아주머니는 주변의 시세와 흐름까지 줄줄이 꿰고 계신 능력자였다. 세상에 그렇게 걸음이 빠른 사람은 처음 봤다. 밑창에 쿠션도 없는 시장 슬리퍼에서 저런 스피드가 나오다니. 마치 돈키호테처럼 동네를 누비는 모습에서 엄청난 카리스마가 뿜어져나왔다.

괜찮은 장소는 총 세 군데 정도였다. 홍대 주차장 골목에 있는 1.5층의 공간. 옆에는 사주카페와 네일숍이 있었다. 그리고 아주 지척에 크고 멋진 북카페가 이미 자리잡은 서교동의 신축 건물 1층. 그리고 담쟁이덩굴이 너무도 아름답게 자라고 있는 예쁜 벽돌 건물의 1층이었다. 이곳은 권리금이 상당했다.

어차피 가지고 있는 시간과 예산의 제약 안에서 움직일 수밖에. 모든 것이 마음에 드는 장소란 없다. 우리는 고민에 빠졌다. 유동인구와 시장성, 거기에 임대료와 권리금 그리고 내부 수리에 필요한 견적까지. 일단 장소를 잡는 것만 해도 결정할 요소들이 너무 많다. 처음 서울에 올라와 부동산을 돌며, 서울에 있는 집이 이렇게 많았나 놀랐었는데 '상가'의 세계 또한 그만큼 깊고 넓은 것임을 깨달았다. 단 하나의 진리는, 어디든 내 건 없고 적당한 곳을 구하기란 쉽지 않다는 정도. 우리 둘의 서점은 어디에 깃들게 될까?

각자의 요리 연습

인제로 떠나기 전 〈신혼일기〉에서 해 먹을 음식들을 각자 연습해보았
다. 나는 '라따뚜이'. 동명의 애니메이션으로 잘 알려진 메뉴. 프렌치이
기 때문에 묘한 고급스러움이 있지만, 우리로 치면 호박고추장찌개와
같은 소박한 음식이다. 일종의 채소 스튜.

방법은 아주 간단하다. 동그랗게 자른 호박, 가지, 토마토를 준비한 뒤
큰 그릇에 볶은 양파와 토마토소스를 버무려, 후추와 바질 월계수 잎을
넣는다. 그리고 예쁘게 썰어놓은 채소를 둘러서 쌓은 뒤 오븐에 넣으면
끝. 비주얼에 비해 공이 많이 들지 않는 '방송적으로' 훌륭한 메뉴다.

아내가 연습한 것은 '옥수수 스콘'과 '시나몬 롤'. 역시 그녀는 나라에서
인정받은 제빵기능 자격 소유자다웠다. 구워진 빵을 보니 정말 그럴듯
했다. 시나몬 롤이 맛있어 앉은 자리에서 허겁지겁 두 개를 다 먹었다.
세상에나. 내가 하지 못하는 무언가를 이룬 사람을 바라본다는 것은 얼
마나 큰 경이로움인지. 새삼 아내가 더욱 위대해 보였다.

광고의 복잡한 이해관계

오늘은 광고를 찍는 날. 광고를 찍다보면 연예계는 참 잔인하다는 생각이 든다. 상대적으로 큰돈이 움직이는지라 많은 사람들이 동원된다. 소위 말하는 '체면'도 선달까. 그 덕에 평소에 현장에서 볼 수 없던 사람들도 만날 수가 있다. 홍보팀, 사진팀 그리고 매니지먼트의 꽤 높은 분까지. 총출동.

간만에 만난 이들은 고생이 많다며 나를 격려한다. 솔직히 그럴 때마다 나는 조금은 겸연쩍다. 평소에 큰돈이 되지 않는 일 역시 고생은 비슷하기 때문. 하지만 이들을 탓할 마음은 1도 없다. 세상 이치가 다 그런 것이고, 나도 마찬가지로 광고 촬영을 위해 다른 스케줄을 거절하고 조정해 이 자리에 와 있는 거니까.

광고에는 여러 이해관계들이 한데 모여 있다. 일단 가장 중요한 것은 광고 제작의 주체인 광고주. 그리고 콘셉트를 잡고 제작 방향을 진두지휘하는 대행사. 광고주들은 이들이 제안한 아이디어를 선정해 광고를 제작한다. 광고 모델 제안도 특수한 경우가 아니면 대행사에서 하는 경우가 많다. 그렇게 캐스팅된 나. 그리고 광고 대행사가 지정한 프로덕션 스태프들. 조명과 프로듀서 그리고 음향 스태프들까지.

그리고 커뮤니케이션도 여러 단계를 거쳐서 이루어진다. 광고주 또한 아무리 권한이 크다고 해도 이런저런 요청들을 감독에게 직접 전달하기보다는 광고 대행사의 AE에게 전달해 간접적으로 내게 요청한다. 물건을 이렇게 들어주었으면 좋겠다, 화면 구도를 이렇게 했으면 좋겠다 등등. 물론 제작하는 감독과 모델인 나의 입장과 연출 의도를 충분히 고려해서 말이다. 요즘 시대가 시대인지 내가 광고를 찍었던 촬영장에서는 거의 '갑질'을 겪지 않았다.

촬영은 너무나도 즐거웠다. 약품에 들어가는 연마제뿐만 아니라 그 회사의 주력 상품들 그리고 재무 상태들까지, 호기심을 채울 수 있는 이런저런 질문을 하면서 순조로이 촬영을 마쳤다.

소영이가 인제 촬영을 앞두고 현장에 놀러와 출장 온 정미와 달래에게 메이크업 기술과 헤어 기술을 전수받고 갔다. 굳이 뭘 하지 않아도 예쁜 건 나만의 생각일까. 진심인데 믿지를 않는다.

전현무라는 사람

하루종일 〈프리한19〉를 녹화했다. 시작할 땐 이렇게 오랫동안 방영될 줄 몰랐다. 벌써 60회가 넘어가는 장수 프로그램이 되었다. 함께하는 현무 형과는 두번째 호흡. 그는 참 대단한 사람이다. 방송인의 인기는 능력이 기반 되어야 얻을 수 있다는 것을 그를 보면서 느낀다. 밉상이라는 기존의 이미지를 이제는 완전히 호감으로 돌려놓은 집념의 사나이. 실제로 만나서 대화해보면 더 괜찮은 사람이다.

한때 그에 대한 여러 오해도 있었고, 방송법 파업 당시 그를 비난하는 글을 리트윗했던 나의 실수도 있었다. 지금 돌이켜보면 참 경솔했던 일이다. 누군가의 행동만을 보고 그 사람에 대해 이야기한다는 것. 그 이후로 결코 누군가에 대해서 쉽게 얘기하지 않게 됐다.

그는 일주일이 모자란 사람이다. 〈수요미식회〉〈히든싱어〉〈문제적 남자〉〈비정상회담〉〈나 혼자 산다〉 등 성공한 프로그램들로 쉬는 날 없이 일하고 있다. 매번 녹화 때마다 그의 건강을 걱정한다. 다작을 하는 만큼 몸이 많이 상했다. 얼른 좋은 사람을 만나야 할 텐데.

● 연말, 그는 대상을 받았고, 새로운 사랑도 얻었습니다.

MBC 아나운서들의 기자회견을 지켜보며

MBC 아나운서들의 기자회견이 있었다. 그간 참고 삭여만 왔던 많은 일들을 고백하고 폭로하는 그 시간, 나도 미팅을 위해 상암에 있었다. 사무실 창밖으로 그들의 모습이 창밖으로 보이는데, 괜스레 눈물이 났다. 얼마나 힘든 시절을 겪었는지 너무나도 잘 안다. 나와 내 아내도 그 안에 있었다. 나는 아무 해명도 듣지 못한 채 방송에서 제외되어 〈우리말 나들이〉를 연출해야 했고, 아내 또한 인터넷에 올렸던 서평과 글을 문제삼아 앵커 자리에서 내몰린 뒤, 1년이라는 시간 동안 사무실 벽만 쳐다보아야 했다.

이번에도 모든 언론들이 외면할까봐 걱정했지만 기자회견은 대성공이었다. 하루종일 검색어 순위에 오르내리는 걸 확인하면서 정말로 기뻤다. 그들이 원하는 것은 크지 않다. 스스로 부끄럽지 않은 방송을 하는 것. 서로 격려하고 모니터링하고 가르쳐주며 서로 이끌어가던 가족 같던 사무실. 선후배의 프로그램이 잘될 때마다 축하해주고 박수쳐주는 관계로 돌아가는 것.

잘 보았다고 후배에게 격려 문자를 보냈다. 밥과 술을 사라고 답이 왔다. 당연히. 기꺼이.

143

아름다운 강원도에서의 일주일

〈신혼일기〉 촬영차 강원도 인제에 왔다. 앞으로 정확히 9일 동안 여기서 보내며 함께 여러 일을 만들 것이다. 집이 기대 이상으로 참 훌륭하고 멋졌다. 잘해낼 수 있을까, 걱정이 태산이었으나 본인도 놀랄 정도로 적응이 빠른 소영이. 앙탈의 레벨이 조금 높아지긴 했으나 뭐 어떤가. 이대로도 좋은걸.

첫 끼니로 브루스케타를 해 먹었다. 가지, 양파, 토마토를 올리브유 그리고 식초와 설탕에 버무려서 숨이 죽도록 놓아둔다. 그 사이에 버터를 두른 팬에 바게트를 구워 그 위에 올리면 끝.

어릴 적 시골에 있는 할머니 댁에서 산과 들의 흙들을 파먹었던 나와는 달리 소영은 정말로 순수한 도시인이다. 이런 곳에 오래 있어본 경험이 전혀 없다고 했다. 세상과 단절된 곳에서 수많은 책에 둘러싸인 기분이 오묘했다. 뭔가 자발적인 귀양의 느낌?
앞으로 이 아름다운 곳에서 펼쳐질 매일매일을 기대해본다.

후추와의 첫 여행

아침 일찍 일어나 창밖을 내다보았다. 자욱한 안개 속에서 모습을 드러낸 산이 참 고왔다. 조용히 울려퍼지는 새소리와 곤충의 울음소리. 적막이란 이런 느낌의 단어였구나. 잠자리가 바뀌어 몸이 찌뿌둥했지만 외려 기분이 좋다.

인제로 함께 온 후추. 후추는 소영이 결혼 전 함께 살던 강아지다. 어제는 후추가 차에서 토를 했다. 태어나서 했던 첫 장거리 여행이 무리가 되었나보다. 안쓰러웠다. 아마도 처음 나선 여정의 긴장감은 후추도 나와 같으리라.

소영이는 아직 곤히 자고 있다. 아내가 깨지 않게 살짝 들어가 꼬리를 흔들고 있는 후추를 데리고 나왔다. 둘만의 시골길 산책. 아직 나를 낯설어하는 듯한 후추. 번쩍 들었더니 바들바들 불안해했다. 이 녀석과 빨리 친해져야 할 텐데……

자연과 벗삼아 치맥을 즐기다

점심시간. 난 아내가 애정하는 마늘 듬뿍 파스타를 만들었다. 소영이 넌 지시 말을 꺼낸다.

"내가 왜 요리가 안 느는 줄 알아?"
"글쎄?"
"내가 하도록 오빠가 그냥 놔두지 않기 때문이야. 나도 오빠한테 맛있는 음식 해주고 싶어."

한 대 맞은 기분이었다. 난 잘하는 사람, 하고 싶은 사람이 요리를 하면 된다고만 생각했다. 아내에게 음식을 하게 하는 것은 귀찮은 일을 떠넘기는 것 같아 부엌에 들어가는 아내를 오히려 말리기만 했다. 하지만 내가 그동안 아내의 기회를 뺏어왔을 줄은 꿈에도 생각하지 못했다. 이젠 그녀에게도 마음껏 시간과 여유를 주어야겠다.

그래서 저녁은 아내의 몫. 빵을 굽는 아내의 모습에 또 한번 반했다. 나는 빵을 굽는 아내의 모습이 왜 이리 섹시해 보일까? 에그타르트는 진정 경천동지의 맛이었다. 그래, 지금껏 내가 한 요리는 그저 한낱 미물

146

에 불과할 만한 맛이었다. 그냥 단순한 재료로 이렇게나 맛있는 요리를 하다니.

낮에는 낚시를 했다. 견지낚시, 흔히 파리낚시라고 하는 것이었다. 그냥 한 마리 잡는 것으로 만족했다. 바늘을 빼고 (타의로) 놓아주었다. 미안 해, 송사리야.
"시골에 오면 뭐, 적당히 공기도 좋고…… 그렇지만 되게 불편하고 끈적 거리고 벌레투성인 줄 알았어."
하지만 자연과 벗삼아 즐기는 지금이 너무 쾌적하고 행복하다고 했다. 원래도 크게 다투진 않지만 더더욱 이곳에 있으니 하루종일 둘이 얼굴 을 맞대고 이런저런 이야기를 할 수 있어서 참 좋다. 일부러라도 이런 기회를 더 자주 만들어야겠다고 생각했다.
인제의 깊은 산골에도 들어와 있는 치킨집. 역시 우린 배달의 민족이 다. 많은 스태프들을 불러 오디오 비디오를 끄고 도란도란 즐겁게 먹 었다.

속초에서의 완벽한 날들

오랜만에 속초를 찾았다. 나와 소영이에게 바다는 참 특별한 곳이다. 인생의 중요한 길목에 우리 둘은 바다를 찾았고, 그곳에서 큰 위로와 힘을 얻었다. 퇴사라는 큰 결심을 했던 곳도 부산의 기장 앞바다였다.

속초에 같이 온 건 두번째. 그때를 함께 회상하다 또 놀란다. 역시 기억은 상대적인가. 둘이서 속초에 처음 왔을 때, 난 이미 우리 둘은 충분히 가까운 사이라고 생각했었다. 하지만 소영이는 별로 친하지 않은 남자가 대뜸 멀리 바다를 가자고 해서 깜짝 놀랐으며, 이 남자가 대체 무슨 생각으로 이러나 차를 타고 가는 도중에도 엄청나게 긴장했다고 한다. 나의 기억과는 전혀 다른 이 이야긴 뭘까. 평행 우주인가.

동명항 입구에 있는, 저번에 들른 전복뚝배기집에 들렀다. 동네의 맛집. 운좋게 기다리지 않고 자리에 앉을 수 있었다. 얼큰하면서도 시원한 국물은 그때 그 맛 그대로였다. 다만 그때와 큰 차이가 있다면, 둘 다 요란스러울 정도로 당당히 고개를 들고 많은 스태프들을 대동해 편하게 밥을 먹었다는 것이다.

공개 연애 전 몰래 데이트하던 1년 동안을 돌이켜보면 나름의 스릴을 즐길 때도 있었지만, 우리에겐 불편함이 더 컸다. 죄지은 사람도 아닌데 숨어다녔고, 얼굴을 가렸다. 예상치 못한 일들이 펼쳐지는 것이 두려웠기 때문이었다.

밥을 다 먹고 터미널 근처에 있는 독립서점에 들렀다. 적당히 비치는 햇살 아래, 내 취향의 책들이 가득했다. 맛있는 음료를 마시며 아내와 사장님 이렇게 셋이 대화를 나눴다. 서울에서 직장생활을 했던 사장님이 치이는 듯한 도시를 벗어나 고향에 내려와 차린 이곳. 그는 여기서 마음의 평화를 찾은 듯했다. 우리도 사장님도, 서점의 이름처럼 그야말로 '완벽한 날들'이다.

밥 먹고 누워 책만 보는 무료한 날들에 위기를 느꼈는지, 제작진이 우리에게 친구들을 초대했으면 좋겠다는 아이디어를 낸다. 급하게 보낸 SOS에 일곱 명의 친구들이 오겠다고 대답해주었다.

이 얼마나 고마운 일인가. 코찔찔이 시절부터 만나온 친구들. 함께 유치원을 졸업하고 지금까지의 30년 세월을 공유해온 이들. 서로 미워하기도 했었고, 코피 흘리며 싸우기도 했다. 부모님과 선생님의 말씀을 어겨가며 함께 말썽을 부리기도, 독서실에서 돌아오며 불량한 형들에게 단체로 돈을 뺏기기도 했던 우리가, 이젠 하나같이 양처럼 순한 보통의 아빠와 남편 그리고 어엿한 사회인이 되었다.

그들이 오기 전 우리는 단톡방에서 신사협정을 맺었다. 서로 과거의 이야기는 하지 않기로. 예능의 빅재미보다는 잔잔한 다큐를 찍자는 굳은 약속을 했다. 서로 맞물린 게 많으니 쉽게 체결된 약속.

차들이 한 대 한 대 고개를 넘어왔다. 아이 넷에 어른 일곱, 열한 명이나 되니 작은 시골집이 꽉 찼다. 밖에서 만난 적은 있지만 집으로 초대해본 적은 없는 멤버들. 음식 장만을 하던 중 의욕이 앞선 내가 손을 다치고 말았다. 아내가 나머지 일들을 다 해야만 했다.

152

자리에 앉아 시원한 바람을 맞으며 우리는 즐겁게 대화를 나누었다. 비슷한 삶의 궤적을 가진 친구들이 하는 이야기들. 아내를 아끼고 사랑하면서도 그 감정을 잘 표현하지 못하는 것이나 장인 장모 앞에서 뭔가 죄인 같은 마음을 갖는 것까지 이렇게 똑같을 수가.

아이들도 아주 신났다. 드넓은 잔디가 펼쳐진 마당에서 원 없이 뛰어노는 조카들. 스스럼없이 어울리는 우리의 아이들. 그 얼굴 속에서 예전 친구들의 어릴 적 모습을 본다. 어쩜 그렇게도 표정과 행동들이 닮아 있는지. 훗날 내 아이도 그렇겠지.

어느덧 해가 기울고 떠날 시간이 됐다. 이 멀고 먼 인제까지 서울에서는 왕복 다섯 시간, 진주에서는 왕복 열 시간을 기꺼이 달려온 친구들. 오랜 시간 힘든 일을 겪었던 제수씨의 복귀작을 응원하기 위해 만사를 제치고 격려해주는 30년 지기들. 내가 무엇으로 그들에게 보답할 수 있을까.

다시 일상으로

인제에서 서울로 돌아온 첫날이다. 눈과 귀가 시리다. 도시의 소음과 불빛이 굉장했었다는 걸 체감한다. 가장 달라진 것은 바로 높아진 수압. 모든 수도꼭지들이 마치 화난 사람처럼 물을 쏟아낸다. 인제에서는 차한잔을 끓이기 위해 제법 오래 주전자를 들고 있어야 했다. 손목도 아프고 지루하긴 했어도 그런 기다림 뒤에 마시는 차의 맛은 뭔가 다르긴 했다.

새벽마다 낮게 깔리는 안개, 이른 산책 도중 발가락 사이로 스미는 풀밭위의 이슬이 그립다. 후추에게 볼일을 보게 하고 더러워진 발을 수건으로 닦아준 뒤 함께 베어먹던 사과의 맛을 다시 떠올려본다. 컴퓨터를 켜니 빵빵하게 들어오는 와이파이. 아, 여기는 서울이구나.

모든 게 과잉인 이곳. 뭔가를 얻으면 잃는 것이 생기는 법이지요.

154

라면을 먹어야 할 것 같은 기분

하루종일 쿨쿨. 아직 완벽하겐 아니지만 짐 정리를 오늘에서야 조금 했다. 가지고 갔던 부엌용품과 옷가지들 그리고 무엇보다 엄청난 양의 책들까지. 아내는 이른 새벽마다 웃으며 마이크를 채워주던 오디오 감독님이 오지 않으니 어색하다고 한다. 청소를 하며 그간 내뱉지 못했던 비속어, 비방 용어를 맘껏 쓰며 대화했다.

가장 답답했던 건 남 얘길 할 수 없었던 것. 제삼자에 대한 대화. A의 비겁함과, B의 놀라운 태세 전환력과, C의 바람피움과, D의 사기스러움까지. 속시원하게 타인들에 대한 얘기를 할 수 있으니 이제 우리 둘만의 공간에 왔구나 싶다.

저녁으로 라면을 끓였다. 속세의 향기가 물씬 나는 인스턴트 음식을 먹어야 할 것 같다는 데 폭풍 합의. 매운 짬뽕라면에 파와 햄, 만두까지 넣어서. 북북 찢은 김치에 밥까지 말아 먹었다. 모세혈관으로 전해져 내려오는 MSG의 쾌감. 인공의 매운맛은 우리의 모공을 활짝 열어젖혔다. 이마에 땀이 송골송골 맺혔다. 이쯤 되면 라면은 제사상에 올려도 될 진정한 전통음식이자 소울푸드가 아닐까.

155

부럽지만 부럽지 않아

오늘은 둘이 나들이하기로 한 날이다. 먼저 마포 용강동에 있는 단골집에서 돼지갈비를 먹었다. 달착지근하고 입에 착 감기는 맛은 갈 때마다 일품이다. 언제나 사람이 북적이는 맛집. 오늘도 줄이 길어 오랜 기다림 끝에 자리에 앉을 수 있었다. 이 집의 매력은 맛있는 고기도 기본이지만 시원한 동치미국수다. 고기의 기름지고 느끼한 맛을 한번에 잡아주는 살얼음 띄운 상큼한 동치미 한 사발, 거기에 잘 삶아진 소면을 풀어 국물까지 다 마시고 나면 그렇게 개운할 수가 없다.

오늘 외출은 서점 오픈에 앞선 시장조사 차원. 우리에게 충분한 자본이 있다면, 땅값이 가장 비싼 곳을 골라 멋지게 꾸밀 수 있겠지. 하지만 우리의 상황은 그럴 수 없다. 때문에 우리에겐 츠타야를 만든 마스다 무네아키의 말처럼, 무엇보다 아이디어가 중요하다.

'소비자에게 어떤 제안을 할 것인가.'

그래서 이곳저곳을 둘러보려 한다. 현재 어떤 것이 트렌드이고 사람들은 무엇을 좋아하는지 알아야 한다. 어떤 공간에 어떤 사람들이 모여 무엇을 즐기고 있는지 공부해야 한다.

먼저 도산공원 근처의 한 편집숍으로 향했다. 책뿐만 아니라 식물과 패션 소품 그리고 가전까지 다양한 제품들을 제법 큰 규모로 팔고 있었다. 그리고 위층에는 커피숍까지. 그곳에서는 주스나 차 종류를 과감히 덜어내고 오로지 커피만을 팔고 있었다. 자신 있지 않고서는 하기 힘든 결단. 간식 메뉴도 없다. 그렇기에 아이들은 전혀 찾아볼 수가 없다.

부러웠다. 고급진 위치에 자리잡은 멋들어진 건축물. 그 안의 화려한 인테리어까지. 서점의 큐레이션은 전문서점 두 곳에서 직접 한다고 했다. 소설과 에세이도 있었지만, 비교적 미술, 사진 그리고 건축과 관련된 고가의 서적들이 많아 눈길을 끌었다. 자본이 많아야 할 수 있는 과감한 투자.

둘이 자리에 앉아 두리번거리며 나눈 시샘 가득한 대화. 자신감이 많이 떨어졌다. 커피는 왜 또 그렇게 맛있던지……. 이렇게 멋진 공간을 아무나 만들 수 없음에 감탄했다. 그래도 희망을 잃진 않았다. 우리는 우리만의 답을 찾아가고 있었기 때문이다.

두 사람은 어떻게 될까

카페 옆자리의 아가씨가 남자친구로 보이는 사람 앞에서 하염없이 운다. 뭘 그렇게 잘못한 것일까. 연신 잘못했다는 말을 거듭한다. 남자는 물러섬이 없다. 나긋한 목소리로 읊조리며 둘 사이에 미래가 없음을 강조한다. 붙잡는 여자와 거절하는 남자.

김애란의 신작 소설집 『바깥은 여름』을 읽는다. 너무나도 절묘하게 반대의 상황이 펼쳐진다. 오래된 연인. 8년 전 우연히 고시촌의 교회에서 만난 사이. 그 둘은 오랜 기간 연인으로 지내며 부부와 다름없는 생활을 이어간다.

이수를 가장 힘들게 한 건 도화 혼자 어른이 돼가는 과정 속에 소외되는 자신이었다. 장수생으로 보낸 3년, 결국 고시에 실패한 자신과는 달리 도화는 혼자 공무원 시험에 합격한다.

두 달 전부터 헤어지자 마음먹었던 도화. 어렵게 말을 꺼내고 싶을 때마다 공교롭게도 계속 일이 생긴다. 결국 하게 된 이별의 말. 올 것이 오고야 말았다는 두려운 표정으로 그것을 받아들이는 이수. 가혹하고도 슬픈 소설이었다. 둘의 일상은 또 그렇게 이어지겠지.

카페의 남녀는 점심시간이 지나고 북적해지자 자리를 뜬다. 둘 사이가 이어지기를 바라야 할까? 아니면 그렇게 각자의 길을 가기를 바라야 할까? 잘 모르긴 해도 남녀 사이에 이상적인 결론이라는 게 존재하기는 할까? 나도 자리에서 일어난다. 아내의 꽃꽂이 클래스가 끝날 때에 맞춰서.

각방 쓸 위기

작은 일로 크게 다퉜다. 서로의 자존심을 건드린 것이 화근이었다. 앞으로의 돈 관리 계획에 대한 대화 도중 의견 차이가 생긴 것. 아내는 내가 한 말에 마음의 상처를 받았다고 했고, 나는 내 말에 질색하며 고개를 젓는 아내의 행동에 화가 났다. 작은 갈등의 싹이라도 생길라치면 미리미리 풀어왔던 다른 때와는 달리, 오늘은 내가 속 좁게 행동하고 말았다. 나는 대화를 통해 마음을 풀자는 아내의 제안을 심통을 부리며 거부했다. 사소한 의견 차이는 언제나 있는 일이고, 이것을 차분히 해결하는 것이 이성적이고 합리적인 걸 아는데도 난 이상하게 화가 풀리지가 않았다. 아내의 고갯짓과 질린 듯한 표정에 뭔가 버튼이 눌린 것이다. 마음에 빗장을 걸어버리고 그냥 밀어냈다. 아무리 대화를 한다 해도, 내가 다시 화를 내버릴 것 같았다.

같이 앉아 있던 테이블을 떠나 문을 쾅(돌이켜보니 콩 정도?) 하고 닫고 건넛방 침대에 혼자 가만히 누워서 멍하니 있었다. 벽에 걸린 내 사진을 봤다. 아내 옆에서 웃고 있는 내 모습이 배알도 없어 보였다. 은은한 미소를 띤 아내의 모습. 솔직히 예쁘긴 예쁘다. 사진을 찍을 때의 좋았던 기분들을 되짚어봤다.

아마 그 순간 그대로 잠들었다면 우리 둘은 처음으로 각방을 쓰게 되었 겠지. 한 시간 뒤쯤 일어나 아내가 있는 곳으로 가니, 아내 역시 뜬눈으로 누워 있었다. 너무나 슬픈 표정을 짓고 있어 '진심으로' 미안했다. 슬 며시 침대 구석에 앉아 말을 건네고 먼저 사과했다. 넓은 마음으로 받아 주는 아내. 우리는 서로 감정적으로 내지른 날카로운 말과 행동으로 생 긴 생채기에 빨간약도 발라주고 호호 불며 보듬어주었다.

우리가 각방을 쓸 날이 올까? 절대 그렇지 않았으면 좋겠다. 쓰담쓰담 뒤 뽀뽀. 그리고 손을 꼭 잡고 새벽이 되어서야 함께 잠을 청했다.

어머니와 소영이

부모님 댁에서 저녁을 먹었다. 아내의 제안이지 내가 가자고 한 것이 아니었다. 사실 난 아내와 함께 본가에 가는 것을 별로 좋아하지 않는다. 문 밖을 나서면 누구에게나 친절하고 매너 있게 행동하는 모습과 달리 본가 대문 안쪽의 나는 살짝 버릇없는 아들이다.

신기하면서도 재미있을 것 같은 방송국의 사정이 많이도 궁금하셨을 부모님. 하지만 사춘기를 지나면서 난 의도치 않게 무게 잡는 아들의 캐릭터를 구축했고, 크게 변함없이 지금까지 이어지고 있다. 매번 빼놓지 않고 경조사를 챙기고 용돈에 신용카드까지 만들어드리긴 했어도 그것들을 대신할 수 없는 그 곰살맞음이 없어서, 부모님의 궁금증에 "뭐 그렇죠" "저도 잘 몰라요" 정도로 답변을 드리는 아들. 역시 사람은 잘 변하지 않는다.

꾸준히 천냥 빚을 쌓아와 성층권 정도로 예상되는 무뚝뚝함에 도달한 나보다는, 싱그러운 웃음과 함께 완벽한 리액션을 보여주는 소영이를 이젠 부모님이 더 좋아하신다. 그들은 내가 모르는 내용으로 대화하고, 내 의사와는 관계없이 만날 약속을 잡으며, 깜짝 놀랄 정도의 유치한 이모티콘을 서로 주고받는다.

162

오늘도 저녁을 먹고도 한참을 나만 빼고 재미있어 보여 괜스레 짜증이
났다. "저희 그만 일어날게요" 하고 아내를 데리고 집을 나섰다. 보통의
아내라면 그런 나를 칭찬했겠지만, 소영이는 앞으로는 더 오래 있었으
면 한다고 나를 타이른다. 쳇. 앞으로는 후식도 없어. 밥만 먹고 일어설
테다.

집에 돌아와 이언 매큐언의 소설 『넛셸』을 읽었다. 책을 손에 든 순간,
하루가 순 to the 삭. 특별한 설정이 매력적이었다. 바로 화자가 배 속의
아기. 21세기판 '햄릿'이라고 보면 될까. 셰익스피어에 버금갈 만한 수
작이다. '햄릿'과는 달리 이 책의 주인공은 아버지의 죽음을 배 속에서
목격한다. 범인은 바로 어머니 그리고 그 충격적인 공범의 실체가 궁금
하신 분은 책에서 확인하시라……

오랜만에 네이버 보이스 녹음을 했다. 올해 초부터 내 목소리로 인터넷 합성기를 만들고 있다. 어학박사님들과 함께 진행하는 프로젝트. 말하는 듯한 자연스러운 합성기를 만들려면 각 단어의 음소만 재생하는 것뿐만 아니라 미묘한 의미 차이에 따른 억양과 어조를 다양한 옵션으로 반영해야만 한다. 그래서 읽어야 할 문장도 수만 개가 넘는다. 이런 요소들을 제외한다면 5천 문장 정도가 어색하나마 합성기를 만들 수 있는 최소한이라고 한다.

읽는 데도 노하우가 필요하다. 전체적인 의미를 살려 흘리듯 읽어선 안 된다고 한다. 각 어절마다 분명한 악센트와 분명한 발음으로 읽어야 하는데, 에너지가 꽤 필요한 고된 작업이다. 랜덤으로 뽑다보니 어색한 문장들을 자연스럽게 읽어야 하는 경우도 많다.

하지만 이 과정, 너무나도 재미있다. 앞으로 합성되어 나올 내 목소리를 들으면 어떤 기분일까. 생각해보니 무섭기도 하네, 누가 내 목소리를 범죄에 이용하진 않겠죠.

계약서에 도장을 찍으며 앞으로 죄짓지 말고 똑바로 살아야 할 이유가 추가되었다고 생각했다. 물의를 일으킨 자의 목소리를 누가 합성해서 듣고 싶겠는가. 오늘은 3백 문장 정도를 녹음했다. 여기 올 때마다 입사 초 연수 시절이 생각난다. 선배의 지도하에 뉴스 원고를 까맣게 밑줄 쳐 가며 연습했던 그때. 사전을 뒤지며 장단음을 외우고, 안은 문장과 안긴 문장의 포즈를 연구했던 초보 아나운서. 부푼 꿈을 갖고 방송을 준비했 던 그 시절 말이다.

혼인신고를 했다. 이제 누가 뭐라 해도 진정한 법적 부부다. 마포구청에
서 일하는 직원은 포토존에서 홍보용 촬영을 하고 가라는 제안을 했다.
예쁜 벤치에 꽃 장식이 가득하다. 위에는 '우리 결혼했어요' 플래카드까
지. 보는 눈이 많아 사진을 찍진 못했다. 서류를 적다가 소영이의 본적
을 처음 알게 됐다. 부산의 어디쯤. 직원에게 물으니 지금은 말소된 주
소라 서류상에만 남아 있는 지번이라고 했다.
표기해야 할 직업란에 다양한 직종이 있었는데 딱히 해당되는 항목이
없었다. 그래서 둘 다 '무직'이라고 적어넣었다. 무직 부부. 오늘은 혼인
신고 말고 둘 다 일이 없으니, 반쯤은 맞는 말일 수도. 더 열심히 일합시
다, 여보.

법적으로 부부가 되어 처음으로 하는 일이 좀 의미가 있어야겠다 싶어
바로 서점으로 향했다. 한 대형서점의 합정점. 소영은 책 몇 권, 난 플레
이스테이션 게임을 샀다. 둘러보니 도쿄 후타고타마가와에 있는 츠타야
가전 같은 분위기가 많이 났다. 이들이 이뤄놓은 규모의 경제와 브랜드
가치가 부럽다. 거의 모든 책이 있고, 부담없이 들러 차를 마시고 다양

한 굿즈를 구매하며 독서할 수 있는 이곳. 우리 서점도 그런 곳으로 만들 수 있을까.

운전을 하는데 뒷바퀴 쪽이 축 처진다. 차를 세우고 보니 못이 박혀 있었다. 간단히 때울 수 없을 만큼 찢어져, 안전을 위해 뒷바퀴 두 개 모두를 교체해야 했다. 우리가 혼인신고를 한 날, 차도 새롭게 신발을 갈아 신었구나. 새 타이어의 승차감이 참 부드럽다. 우리가 함께할 인생길도 이렇게 폭신폭신하길 바라본다.

폭력은 참 나쁘다

스티븐 핑커의 『우리 본성의 선한 천사』를 읽고 있다. 500쪽 정도 지났는데 아직 반도 못 읽었다. 이 책은 우리 인간이 문명을 이루고 지금에 이르기까지 얼마나 폭력적이었으며, 그것을 어떤 방식으로 제어해왔는지를 설명한다. 역사 속 재미난 일화들이 이야기처럼 쓰여 있어 시간 가는 줄 모르고 술술 넘어간다.

읽은 데까지 요약하면, 인간 사회에서 서로를 죽일 수 있는 무기의 능력과 잠재적인 폭력의 가능성은 엄청나게 증가했지만 폭력을 행사하는 빈도는 드라마틱하게 감소했다는 것이다. 뭐, 사실이지. 예전에는 아무 잘못도 없이 삼족을 멸하는 경우도 있었고, 마녀로 몰려 화형당하는 일도 있었다. 일본의 무사들은 길에서 합법적으로 살인을 저질렀으며, 조상의 잘못으로 인해 피의 복수를 당하는 일도 많았다.

폭력은 결코 일어나서는 안 될 것이다. 스티븐 핑커 교수도 홉스가 말한 상호확증파괴전략*은 원시적이라고 지적한다. 서로의 폭력 수준을 높이는 방식으로는 결코 장기적인 평화를 이룰 수 없다고 말이다. 모쪼록 지구의 평화를 빈다. 우리는 아직 신혼이고 아이도 없단 말이다.

그런데 이 책, 다시 말하지만 두께가 정말 폭력적이다.

／ 상호확증파괴전략
냉전 시대 서로 군비 경쟁을 하는 것
처럼 힘겨루기를 하는 것.

우리 본성의
선한 천사
인간은 폭력성과 어떻게 싸워 왔는가
스티븐 핑커

화내지 말고 원하는 바를 이야기하기

아내와 사소한 일로 다퉜다. 방에 떨어뜨린 젖은 수건을 치웠으면 좋겠다고 말했더니, 소영이 반격한다.

"오빠도 맨날 선풍기 안 끄고, 오전에 내가 오빠 속옷 치웠어."

그 말을 듣고 괜스레 심술이 나서 "그럼 치우지 마" 하고 홱 방을 나가버렸다. 왜 심통을 부렸을까. 왜 가시 돋친 말을 했을까. 후회가 된다. 나는 그러면 안 됐다.

가끔 엄마 아빠에게 내던 짜증을 소영에게 내는 일이 조금씩 시작되었다. 내 안의 나쁜 성격이 긴장감 없이 고개를 내밀고 있는 것이다. 그러지 말자, 그러지 말자, 그러지 말자, 다짐한다. 아침에 일찍 일어나 이렇게 반성문을 쓴다. 소영에게 절대 화내지 말고 원하는 바를 이야기하자. 자존심을 접고 객관적으로 우리가 부족한 부분을 터놓고 서로 맞춰가야겠다고 다짐한다.

없 는 게 없 는 곳

카페용품을 구하기 위해 황학동을 찾았다. 점심을 먹다 작은 사건이 있었다. 식당의 점원분께서 막무가내로 아내를 잡아당기며 사진을 찍는 통에 소영이가 패닉에 빠졌다. 숨차 하는 아내를 진정시키고 정중히 사진을 지워달라고 부탁드렸다. 나 혼자 따로 사진을 찍어드리기는 했지만, 주변에 계시던 분들이 이 광경을 많이 보셨기에 혹시나 안 좋은 인상을 남겼을까 걱정이 앞선다. 서점을 오픈하면 아마 이런 일이 더 많이 일어날 수도 있겠지. 어쩔 줄 모르겠는 감사함들.

황학동 이곳은 대한민국 모든 요식업의 삼신할머니 같은 곳이다. 없는 게 없다. 길을 꽉 메우고 있는 냄비와 수저 그리고 불판이 출입구부터 사람들을 반긴다. 엄청나게 큰 단지 안에 테이블부터 의자, 인테리어 소품뿐만 아니라 주방기기 매장들이 즐비하다. 여기서 중요한 것은 역시나 발품. 세 번쯤 오니 이제 대충 이곳이 보이기 시작한다.

물어물어 찾아온 카페용품집. 제빙기, 온수기야 가격대와 모양만 결정하면 간단하지만, 문제는 바로 뜨거운 증기로 커피 원액을 추출하는 에스프레소머신. 커피맛에 따라 카페의 정체성이 달라지니 너무나도 중요한 선택이 아닐 수 없다.

주방기기 중고 매장에 들어서니 그야말로 다양한 옵션의 머신 수십 가지를 볼 수 있었다. 백만 원 안쪽의 저렴이부터 초고가의 모델은 천만 원이 넘어갔다. 방식에 따라 자동 혹은 반자동, 추출구의 숫자에 따라 1구 2구 3구, 국적도 이태리 프랑스 중국 국산 등 다양했다.

"나간 지 얼마 안 되어 다시 돌아온 기계도 많겠네요?"
"네……."

한때는 은퇴한 노부부의 노후 대책이었을 수도, 직장생활 대신 선택한 장밋빛 계획일 수도 있었던 이 기계들. 창고를 가득 채운 수백 대의 머신들 각자 어떤 사연과 아픔들을 담고 있었을까. 갑자기 마음이 무거워졌다.

세탁기와의 전쟁

새아침이 밝았다. 나는 다용도실로 간다. 그간 쓰지 못했던 통돌이 세탁기의 제자리를 찾아주고자 한다. 집주인이 다용도실에 설치해놓은 복잡한 물건들을 떼어내고, 세탁기 호스를 바닥에 연결해 쓰려고 한다. 전에 사셨던 분들이 워낙 복잡하게 파이프를 배관했고 싱크대까지 실리콘을 쏘아 만들어놓았다. 쉽지 않은 공사.

하지만 뭐 어떤가. 나는 자랑스러운 육군 병장 출신이다. 몽키스패너와 드라이버를 가지고 두 시간을 씨름한 후에 나는 결국 세탁기 호스를 구멍에 집어넣는 데 성공하고야 만다. 나 자식, 훌륭한 자식. 다 된 빨래를 너는 내가 대견했고 뿌듯했다.

저녁에는 아내와 새벽 세시까지 이야기를 했다. 약간 투닥거렸다. 서점에 대한 계획이 구체화되면서 그녀 혼자 고민하고 걱정하는 부분을 내가 세심하게 살피지 못했다. 그녀의 마음이 많이 지쳐 있었다. 나는 그런 것도 모르고, 준비 기한에 진행되지 못한 일들에 대한 푸념을 막연히 늘어놓았던 것이다. 매일매일 살을 맞대고 살지만 이렇게 사람 마음은 참 알기 쉽지 않다.

신혼에 불러내는 선배들

퇴근을 한 뒤 선배들을 만나러 다시 집을 나선다. 나를 그리워하는 주변 사람들의 애정은 고맙지만, 신혼인지라 당연히 아내를 신경쓰게 된다. 평소 대부분의 호출을 거절하긴 하지만, 가끔 이번처럼 쉽게 만날 수 없는 선배의 연락인 경우도 있다. 고민에 빠진 내게 아내가 누구의 호출인지 묻더니 "그럼 즐겁게 놀다 와" 하고 쿨하게 보내준다.

'귀한 선배가 불러낼 때는 이유가 있지 않겠어? 사회생활은 해야지.'
'사랑하는 아내를 혼자 두고 나간다고? 신혼인데 너 그래도 되는 거야?'

머릿속의 두 아이가 나를 혼란케 하는 와중에도 확실한 것은 결코 결혼 전의 자유가 전혀 그립다거나 지금이 불만스럽진 않다는 것. 그렇다면 이 복잡한 마음은 무엇일까?
신혼인데 나와줘서 고맙다는 선배. 짧고 굵게 두 시간을 마셨다. 돌아오니 잠들어 있는 소영. 한참을 얼굴을 쳐다보다 내 마음이 왜 그런지 알았다. 내가 제일 행복한 건 소영 옆에 있을 때다.

우리는 대척점에 서서

사소한 일에 대해서 얼마나 더 자세히 이야기해야 할까. 우리 부부가 부 딪히는 대부분의 문제는 내가 리액션이 많지 않아 발생한다. 사랑을 많 이 받지 못하고 자란 아버지는 누구보다 훌륭한 남편, 가장, 아버지이지 만 칭찬에 너무나도 인색하신 분이다. 살면서 나는 아버지의 칭찬을 받 은 일이 거의 없다. 항상 우려와 걱정의 말만 하셨던 아버지. 내가 그토 록 싫어했던 점을 그대로 닮아가는 아들인 나. 그런 스스로를 보는 내가 울적하다.

반면 젓가락질만 해도 칭찬받는 집에서 자란 소영은 언제나 마이 페이 스를 유지하는 목석 같은 나를 힘들어한다. 서점 로고 때문에 고민중인 아내에게 내가 낸 다섯 개 정도의 아이디어가 거절당하자, 나는 심술궂 게 "그럼 이제는 네가 직접 대안을 찾으면 되겠네"라고 그간의 노력과 고생에 대한 언급은 쏙 뺀 채 쏘아붙였다. 그리고 나는 거실로 나와 TV를 틀었다. 황망한 얼굴로 나를 보는 아내, 이내 서운함에 거의 울먹거리는 얼굴로 말한다.

"왜 나 고생하는데, 칭찬 안 해줘? 뭐라고 하기만 해?"

174

아내가 그간 시무룩했던 이유는 다른 것도 아닌, 시종일관 심각한 표정으로 서재에 앉아 있던 내 표정 때문이었다. 난 사무적으로 전투적으로 그저 서점 로고를 구상하는 데 혈안이 되어 있기만 했던 것이다.

나는 결과에 집착하는 사람이다. 과정이 어찌됐건 로고의 최종본이 나오지 않는다면 아무 소용이 없다고 생각했다. 아내의 손에 이끌려, 우린 TV를 끄고 부엌에서 오래 대화를 했다. 틀리기도 하고 맞기도 한 우리의 생각과 온도의 차이. 결국 의견은 좁히라고 있는 거 아니겠어요.

우리는, 나는 더 반응하고 소영이는 조금씩 그러려니 하자는 결론에 도달했다. 다 함께 잘되자고 하는 일이잖아요. 리액션 뚱멍청이가 전합니다. 정말 미안해요!

김사장의 내일에 행운이 있기를

아내는 오늘 정말 많은 일을 했다. 동대문에 들러 서점에서 판매할 에코 백 원단을 확인했고, 서점 공사 현장에서 철거 작업을 둘러봤으며, 가구 스태프들과 미팅도 했다. 도난 보안장치 업체를 불러 장비를 설치하고, 인터넷을 깔았으며, 포스를 설치했다. 포스^{POS}가 'Point of Sale'의 약자 라는 것을 이번에 알았다. 나는 제다이의 힘이 결제로 이끄는 'force'인 줄 알았다.

낚싯대와 그물 없이 고기를 잡을 수는 없겠지만, 그 장비를 마련하는 과 정과 비용이 너무 부담스럽다. 모든 게 시행착오투성이다. 기존의 보안 장비를 활용하려고 했지만 회선의 문제로 어그러졌고, 따로 구해온 포 스 단말기도 고장나 있었으며, 동생의 도움으로 조립한 컴퓨터도 운영 체계가 달라 윈도즈가 가끔 다운되곤 한다.

제빙기와 온수기에 배수시설이 필요한지도 몰라 추가로 배수장치를 달 아야 했고, 그 때문에 원하는 곳에 설치하지 못했다. 전기 배선도 옆에 서 끌어와야 해서 기사님을 하루 더 모셔와 억지로 뒤쪽에서 선 하나를 추가로 뽑았다. 싱크대 높이도 예상한 것보다 너무 낮다.

이런 게 다 경험이겠죠. 카페에 필요한 컵 홀더가 없어 방금 주문을 넣었는데 2주 정도가 걸린다고 한다. 곧 추석이라서 배송이 더 늦어질 수도 있다고……. 세상에 열려 있는 수많은 카페들도 다 이런 과정을 거쳤을까. 문득 모든 카페 사장님들에게 존경심이 솟아났다.

구청에 가서 영업허가증을 받아들었다. 내일은 사업자등록을 할 것이다. 구청을 나서며 아내에게 '김사장'이라고 불러주었다. 사장님, 멋져요!

드라마 속 키스씬

드라마라는 건 참 스트레스풀한 작업이다. 아내는 내가 연기를 하는 것을 솔직히 좋아하진 않는다. 상대 배역이 있는 건 더더욱 싫어한다.

몇 년 전 출연했던 〈원녀일기〉와 〈스웨덴 세탁소〉에서 키스씬이 있었다. 하나는 뽀뽀 정도였지만, 보는 입장에선 피가 거꾸로 솟았을 것이다. 드라마를 보다 아내는 큰 충격에 빠졌다. 내 입장에서도 참 어려운 것이 사실이다.

아무튼 첫 대본 리딩 때 작가님이 〈20세기 소년소녀〉에서 절대 이 커플은 잘되지 않을 것이라고 했던 말을 다시 한번 떠올렸다. 그렇지만 한국 드라마라는 것이 어떻게 흘러갈지는 아무도 모르기에.

"만약 잘되면 저 열심히 해볼게요."

상대역인 상희가 말했다.

"어……. 어."

애매하게 답했다. 아내에게도 미안하고 상희에게도 미안했다. 난 프로답지 못한 건가.

이케아 나들이

광명에 위치한 이케아 매장. 규모에 압도되었지만 정작 엄청난 매력은 그 시스템이었다. 라이프 스타일을 녹인 모든 것을 쇼룸으로 보여주는 형식. 전 세계인을 대상으로 한 압도적인 생산량으로 확보한 다양성. 거기에 조립과 설치를 직접 하게 만드는 플러스알파로 거품까지 걷어낸 경제성까지.

자취를 하면서 이케아 가구를 한 번도 써보지 않은 이가 있을까? 나 역시 저렴하면서도 예쁘고 그럭저럭 쓸 만한 물건을 만드는 곳 정도로만 생각했지만, 역시 매장에 오니 그 진면목을 알 수 있었다. 우리는 넋을 잃고 돌아다녔다.

사실 이케아는 국내 정식 상륙이 늦었을 뿐 엄청나게 새로운 시스템은 아니다. 창립한 지 수십 년이 되었고, 그들의 전략은 이미 너무나 많이 노출되었다. 하지만 그 누구도 그들의 아성에 도전하지 않는 이유는 무엇일까?

아무튼, 우리는 카페에 필요한 포크와 나이프, 스푼을 스무 개씩 사 가지고 돌아왔다.

181

아내와 함께 서점 로고를 완성했다. 우여곡절 끝에 그럭저럭 만족스러운 모양을 뽑았다. 심플하면서도 고급스러우면서도 우리가 하고자 하는 이야기를 압축적으로 전해주면서도 다른 것들을 모방하지 않은 독창적인 로고를 만드는 작업. 세상에 이미 수도 없이 존재하는 로고들이 모두 대단하게 느껴졌다. 무심코 지나쳤던 그 모든 로고들도 다 이런 고민 끝에 만들어졌겠지. 수많은 디자이너분들 참 고생 많으십니다.

문과인 두 명이 머리를 맞대다보니 차라리 로고보다는 이름을 짓는 게 더 쉬웠다. 이때, 미대를 나온 내 여동생이 엄청난 도움이 되었다. 처음에 생각한 건 발전소에서 힌트를 얻은 공장 모양. 하지만 책이라는 이미지를 주지 못한다는 생각에 두번째 나온 아이디어는 전구 모양의 로고였다. 필라멘트 속에 책을 펼친 모양을 삽입해보았다.

결국 최종적으로 선택된 안은 가장 심플한 책 모양이다. 몇 시간에 걸친 토론 끝에 전구 모양의 로고로 거의 결정짓고 다음날 아침, 자고 일어나니 왠지 좀 복잡하다는 생각이 들었던 것이다. 그래서 전구를 지우고 그 안에 있던 펼친 책만으로 가기로 했다. 하지만 펼친 책 로고는 이미 너

182

무나도 많았다. 출판사부터 서점까지 각기 다양한 모양으로 비슷한 로고를 쓰고 있었던 것이다.

결국 긴 수정 끝에 약간은 비스듬한 각도에서 바라본, 책을 펼친 입체적인 모양에 곡선을 덧댄 지금의 로고가 완성됐다. 100점까진 아니지만 비교적 만족스럽다. 75점 정도. 우리 서점의 로고가 사람들 마음속에 다양한 감성을 불러일으키길. 가벼운 마음으로 책장을 넘기며 묵향을 즐길 수 있는 공간으로 자리잡길 빈다. 물심양면 도와준 친동생 오하루 작가에게도 다시 한번 고맙다는 말을 전하고 싶다.

본가와 처가 퀘스트

결혼하고 첫 추석.

양가 부모님 댁에 들러 각각 점심과 저녁을 먹는 날이다. 양가의 대조적인 분위기가 참 재미있다. 말이 많지 않은 아들과 딸을 둔 우리 어머니는 그저 그때그때 반응을 보여주는 아내만 보아도 너무나 행복해하신다. 며느리가 들어온다고 올해부터는 차례도 없앴다. 소영이와 나는 아침에 일어나 부모님께 드릴 선물을 샀다. 본가에는 화장품. 처가에는 홍삼세트.

그냥 와서 먹기만 하라는 어머니에게 그래도 뭔가 해드리고 싶다고 하자 그럼 좀 일찍 와 10시쯤, 이라고 하신다.

도착해보니 이미 음식이 다 차려져 있었다. 난 우리 엄마 음식을 참 좋아한다. 단순히 나에게 익숙하기 때문이 아니라 어머니는 음식을 참 잘하신다. 꽤나 맛있게 먹었다. 손이 컸던 외할머니의 영향으로 우리집은 한정식처럼 깔아놓고 먹는 편이다. 김치도 두세 종류, 젓갈도 세 종류 이상을 먹는다. 소영이는 처음엔 와서 밥 먹는 걸 당황해하더니 이젠 제법 우리집 식탁 문화에도 잘 어울린다. 배불리 식사를 마치고 소영이가 과일을 깎아주었다.

집에 돌아와 낮잠을 짧게 잔 후 이어서 처가 퀘스트. 오랜만에 만나는 후추가 반갑게 나를 맞이해주었다. 기분이 좋았다. 처가댁에서의 식사는 뭐랄까, 지금은 좀 익숙해지긴 했지만 일단 스크롤의 압박이 장난 아니다. 한마디로 왁자지껄한 문화. 밥 먹는 데도 30분이 넘게 걸린다. 장인어른이 술을 좋아하셔서 술도 많이 마셨다. 서로의 일상을 미주알고주알 나누는 것들이 익숙하지는 않지만 정겨워 보인다. 그래도 출장 때문에 자리를 비운 처남 이야기가 너무 많이 나와서 좀 민망했다. 그래도 삼십대의 청년인데, 씹고 뜯고 애정 어리게 맛보는 가족들.

서로의 가정이 다름에도 두 가족 모두 우리의 결합으로 너무 행복해하는 모습을 보며 결혼하길 잘했다는 생각 그리고 참 다행이라는 생각을 했다.

185

야구의 묘미는 승리

가을 야구의 시즌이다. 사실 나는 한국 프로야구에는 딱히 응원하는 팀이 없다. 매번 야구를 자주 보고 좋아하면서도 열렬히 응원하는 팀이 없는 건 참 뜻밖의 일이라고 주변 사람들은 말한다. 내 고향 울산은 야구로 치면 좀 애매한 위치이다. 부산과도 대구와도 적당한 거리를 유지하고 있고 무엇보다 프로축구의 영향이 지대한 곳이기 때문에 야구란 종목에 있어서는 큰 혜택을 받지 못했다.

내 주변엔 유독 두산 팬들이 꽤 많다. 아무래도 타격 중심의 선 굵은 야구 그리고 베어스로 상징되는 전통과 플레이 스타일, 그리고 무엇보다도 최근 몇 년 동안의 성적이 많은 팬들을 만들어낸 원인이라고 생각한다.

특히나 골수팬 중에는 우연히 어머니를 따라 가입한 어린이 야구단 출신이 많다. 자신의 의사와는 상관도 없이 시작된 팬질. 아마도 어린 시절 입고 다녔던 잠바와 쓰고 다닌 모자들이 그들의 영혼을 지배한 건지도 모른다. 그렇게 그들은 지금까지 수많은 종류의 굿즈들을 사 입는 충성도 높은 고객이 되어온 거겠지.

아마도 많은 사람들이 비슷하겠죠. 나는 박찬호 때부터 메이저리그 경기를 보게 되었고 그렇게 다저스의 팬이 되어 지금에 이르고 있다. 그리고 다저스는 주변의 두산 팬들이 그러하듯 내 영혼과 함께하는 존재이다. LA에 방문하면 경기가 없더라도 다저스 스타디움에 꼭 들르고, 시즌 중에는 매일 아침 다저스의 경기 결과를 보며 하루를 시작한다. 이기면 기쁘고, 지면 하루종일 우울하다. 그들이 멀리서 응원하는 나의 마음을 알까.

그런 내게 '류뚱' 류현진 선수의 진출은 너무나도 반가운 소식이었다. 다시금 선발 투수로 던지는 코리안 몬스터의 모습을 보며 다저스 팬으로 진정 너무나 기쁘고 즐거운 나날을 보내고 있다.

이제 다저스는 우승 11수에 나선다. 물론 디비전시리즈에선 류현진이 제외되었지만 내셔널리그 챔피언십시리즈 그리고 월드시리즈에 올라갈수록 그의 경험이 빛을 발하리라 예상해본다. 사실 그의 성적이 잘 나오는 것도 간절한 일이겠지만, 그에 앞서 난 다저스의 승리를 응원한다. 우주 최강 선발 클레이튼 커쇼를 앞세워 그들이 이번 대권을 차지하기를!

● 다저스는 결국 휴스턴에게 패배해 준우승을 차지했습니다.
　2차전 마무리 투수 켄리 잰슨의 피홈런이 뼈아팠습니다. (오열)

드라마 제작의 현실

드라마 촬영이라는 건 매우 신기하면서도 섬세한 작업이다. 그리고 끊임없이 적응의 과정을 겪어야 한다. 오늘은 새롭게 꾸려진 B팀(시간이 부족해 주연출 외에 투입되는 두번째 제작진)과 처음으로 호흡을 맞췄다.

모든 사람들이 잘못된 줄 알면서도 어쩔 수 없이 받아들이고 있는 대표적인 일이 바로 드라마 녹화 현장이 아닌가 싶다. 모든 스태프들이 밤을 새워가며 방송 일정에 쫓겨가며 제작할 수밖에 없는 상황. 누군가 이젠 개선되어야 하지 않겠냐고 말을 하자, 다들 입을 모아 누가 새롭게 법을 만들어 이 시스템을 바꿨으면 좋겠다고 했다. 하지만 굳이 그럴 필요도 없다. 현재의 노동법만으로도 드라마 현장은 조금 더 작업하기 좋은 곳으로 충분히 바뀔 수 있다.

불합리함의 원인은 다양한 층위의 욕망 때문이다. 일단 방송국은 사전 제작을 좋아하지 않는다. 어차피 광고 수익을 통해 운영되는 방송국 입장에서는 그때그때 반응을 보아가며 제작을 진행하는 것이 유리하다. 혹여 잘 안 될 경우 조기 종영의 방법도 있다.

제작사 입장도 어느 정도는 마찬가지인데, 매일매일 드라마 촬영 스태

프를 고용하는 비용이 비싸다보니, 일정을 줄일 수 있는 쪽대본 촬영은 제작비를 절감하는 방법이 될 수 있다. 시간이 없으니 서둘러 찍기 때문. 게다가 방송국의 입장과 마찬가지로 중간중간 방향을 수정해가며 작품을 만드는 것이 시청률 관리에 용이하며, 외국 판권의 가격도 올릴 수 있다.

결국 이런 생각들이 지속될 수 있는 이유는, 엄정하게 법을 집행하겠다는 의지가 부족할 뿐만 아니라 지금껏 누구도 문제삼지 않고 잘해왔기 때문이다. 그럼 어떻게 해야 할까? 백번 양보해서 지금까지의 관습을 인정할 수밖에 없다면 내가 생각하는 대안은 바로, 1주 한 회의 드라마를 만드는 방식으로의 변화다.

세계인들이 즐기고 있는 미드와 일드, 모두 주 1회씩을 방송한다. 우리나라 방송국도 방송하는 드라마의 종류를 늘리고 일주일에 한 편씩을 방송한다면 일하는 사람들이 그래도 숨을 쉬며 작업할 수 있지 않을까.

사실 드라마는 만드는 사람들의 힘이다, 지치지 않는 막강한 힘. 다들 지치지 말고 끝까지 힘낼 수 있기를.

아내의 대단한 발품

서점에서 판매할 에코백이 난항이다. 서점을 준비하며 모든 과정이 쉽지 않은 일임을 실감하게 된다. 아내는 아침 일찍 어제보다 실력이 좋으면서 단가도 2천 원 정도 싼 공장을 알아냈다며 친한 언니를 만나러 나갔다. 먼저 동대문 원단 가게에 가서 원단을 직접 고르고 재봉공장을 찾아 은평구에 있는 공방에 가는 일정. 둘이서 함께 무려 일곱 시간이 걸려 결국 원가가 조금은 저렴한 곳을 찾아낸 것이다.

대단하다는 생각이 들었다. 결국 사업에는 조그마한 부분까지 꼼꼼히 따지고 결정하는 이런 일들이 필요한 것이다. 매번 열심히 발품을 팔고 현장에서 직접 노력한다면 조금 더 싸고 좋은 에코백을 얻을 수 있게 되겠죠.

적은 돈이라도 줄이고자 애쓰는 아내에게 미안해졌다.

"힘들지?"

"응. 그래도 신나. 직접 이런 일들을 해가며 세상을 배우는 것 같아."

커피 한 잔 속에 존재하는 수많은 세계

온 가족이 함께 서점 청소를 했다. 감사하게도 우리 부모님께서도 팔을 걷어붙이고 나서주셨다. 가구가 들어오기 전, 미리 해야 하는 대청소에 버거움을 느낀 아내를 위해 우리 가족이 총출동한 것이다. 흔쾌히 와서 도와주시는 아빠 엄마 그리고 동생. 모두 다 그간 고생했던 소영이에게 힘을 주고자 하는 마음들로 함께해주어서 너무 감사했다. 같이 먼지를 쓸고 닦고 하면서 즐겁게 청소를 하고 있는 그들의 모습을 보고 있자니, 이젠 정말로 가족이라는 울타리가 더 견고해졌다는 생각이 든다. 소영이도 크게 감동받은 얼굴.

우리는 가구를 놓고 집기들을 설치한 뒤 커피머신 사용법을 배웠다. 세상일이란 것은 역시 겪어보아야 하는 일이다. 처음 만난 신세계. 가루 입자의 크기와 물 양을 조절해 최적의 커피를 뽑는 일은 참으로 복잡했다. 원두의 재질, 수압 그리고 온도에 따라 천차만별로 차이가 나는 커피의 맛. 미세하고도 정밀한 세계에 진정 감탄했다. 원두 한 통을 쓰고 나서야 겨우 정확한 세팅을 완성했다.
세상에 쉬운 일은 결코 없다. 쉽게 지나쳤던 커피 한 잔에도 이렇게 섬세한 디테일이 숨어 있다니.

〈신혼일기〉첫 방송이 나갔다. 10년 넘게 방송을 하고 있지만 솔직히 나는 내가 나오는 방송을 잘 보지 못한다. 마치 틀린 문제를 복습하는 기분이랄까. 나는 나한테 너무 냉정하다. 잘못한 것만 보이고, 실수한 것만 보이고, 얼굴도 너무 못나 보인다. 하지만 발전이 있으려면 모니터링은 필수고, 더 잘하기 위해선 내 단점을 개선할 필요가 있다.

나 혼자만 출연했다면 이번에도 또 외면했겠지만, 아내의 손에 이끌려 TV 앞에 앉았다. 우린 시간 가는 줄 모르고 재미있게 보았다. 나도 모르던 나의 모습을 목격했고, 한발 떨어져 제삼자의 입장으로 내 행동을 관찰할 수 있었다. 문득 신혼부부로서 우리의 모습을 나직이 되돌아볼 수 있다는 것 자체가 큰 행운이라는 생각이 들었다.

사람들의 반응이 궁금하다. 뭐가 좋고 뭐가 싫었을까. 다른 채널의 드라마들과 잘나가는 예능 프로그램도 많은데 시청률은 잘 나왔을지. 걱정이 되어 잠을 쉽게 이루지 못했다.

이런 복잡한 나의 속내와는 달리, 소영이는 한 장면에 큰 충격을 받았다. 방송을 통해 본인이 잠꼬대하는 모습을 처음 본 것. 아내의 잠꼬대에는 서사가 있다. 처음에야 나도 놀랐지만, 지금은 가끔씩 장단 맞춰 대화도 하는걸요.

신 메 뉴 개 발 의 어 려 움

라클렛 치즈 메뉴를 연습했다. '흐른다'라는 뜻을 가지고 있는 이 치즈. 이태원의 유명 레스토랑에서 파는 폭포수 치즈로 유명하다. 흡사 자동차 바퀴 같은 치즈의 겉을 살짝 데워 칼로 긁어내 빵이나 고기와 함께 먹는데, 난 살짝 구운 식빵에 치즈를 올려 내놓자는 의견을 냈다. 아직까진 대중적인 메뉴가 아니어서 멜터와 치즈 모두 직접 유럽의 사이트를 뒤져 직구를 해야 했고, 열흘이 지난 지금에서야 도착했다.

직접 해보니 너무 어려웠다. 내가 원했던 적당한 양으로 녹이는 것조차 녹록지 않았을 뿐만 아니라, 긁어내는 과정에서 굳어버리기 일쑤였고, 또 긁어내더라도 생각보다 예쁘게 빵 위에 퍼지지도 않았다. 그리고 아래에 깔릴 식빵을 어느 정도 구울지도 쉽게 결정하기 어려웠다. 아오.

게다가 소영에게 말은 못했지만 멜터 가격이 20만 원. 치즈는 한 덩이가 25만 원이다. 메뉴로 들어간다면 가격은 얼마로 책정해야 할까. 이윤이 남기는 할까.

● 결국 그 누구도 우리 서점에서 이 메뉴를 볼 수는 없었습니다.

커 피 내 릴 줄 아 는 남 자

커피 원두를 결정했다. 처남의 친구 중에 원두에 대한 애정이 깊고 커피에 미쳐 있는 후배가 있어서 소개를 받았다. 부부가 함께 가게에 와서 로스팅 과정부터 원두의 종류를 설명해주는 모습이 흐뭇했다. 우리와 비슷한 시기에 결혼한, 조금은 어린 커플이다.

나도 몰랐는데 합정동이 하이엔드 원두의 성지란다. 이 근처의 카페들에선 산미가 있는 고급 원두들만을 사용하는 분위기라서 자신도 뭘 추천해야 할지 고민이 많았다고 전했다. 다른 곳에선 비싸고 마니아의 맛이라 배척받는 원두들이 이 동네에서만큼은 기본으로 통하는 전쟁터니까. 미묘한 온도 차, 압력 차를 맞추는 방식을 가르쳐주며 다양한 커피들을 내려서 마시다보니, 나도 모르게 커피의 매력에 흠뻑 빠지게 되었다. 더 전문적으로 배우고 싶다.

결국 어떤 원두를 쓰게 되었냐면, 직접 와서 드셔보시라. 다만 아내는 내가 가게에 와 있을 때만큼은 특별히 핸드드립을 만들라는 특명을 내리셨다. 주말에 와서 연습해봐야지. 이제 나는 커피도 내릴 줄 아는 남자다.

범죄를 다루는 사회

범죄학에 대한 〈차이나는 클라스〉 강의를 들었다. 처음으로 동갑내기 교수님이 강의를 위해 오셨다. 느낌이 남달랐다. 배움에 나이가 무슨 소용이 있겠냐만은.

우리는 언제나 범죄 소식을 접하면, 으레 그 범죄의 잔혹성과 그가 받게 될 형량에 주목한다. 그러나 사후 처벌보다도 우리에게 더 필요한 것은 애초에 범죄가 발생하지 않게끔 하는 것이다. 이전으로 돌이킬 수 없는데 희생자 본인에게 그 어떤 처벌이 의미가 있겠는가.

우리가 범죄에 대한 처벌을 하는 것은 그 죄에 대한 대가를 치르게 하는 것 이외에도 그 벌에 대한 두려움으로 죄를 짓지 못하게 하는 목적도 분명히 있다. 하지만 모든 연구 결과와 실제 사례를 통해 수많은 학자들은 많은 사람을 감옥에 가둔다거나 사회적인 법정 형벌의 수준을 높이는 것은 일시적일 뿐 근본적인 대책이 될 수 없다는 결론을 내놓았다.

처벌이 답이 아니라면, 이제 우리는 어떻게 해야 할까. 잔혹한 범죄에 희생되는 사람들이 연일 뉴스를 장식하고, 많은 사람이 그로 인해 분노하는 상황 속에서, 어떤 대책이 의미 있는 진전을 만들어낼 수 있을까?

핵심은 범죄를 쉽게 결심하지 못하게 만드는 사회적인 인프라를 갖추는 것. 바로 '셉테드*'라는 개념이다. 주거공간이나 공공시설에서 범죄를 결심하지 못하는 물리적 환경 개선을 이루는 것이다. 정교한 설계를 통해 사각지대를 없애며, 조명을 통해 어두운 곳을 밝힌다. 길의 구조를 변경해 범죄자들의 도피가 까다롭게 만드는 것도 방법이다. 밝고 개방되어 주변의 사람들을 의식하게 만드는 것이죠.

사람들은 화가 나서 화를 내는 것이 아니라, 화를 낼 수 있는 사람에게 화를 낸다. 범죄도 마찬가지 아닐까. 도무지 저지를 수 없다는 마음을 먹게끔 하는 것, 넌 분명히 잡힐 것이고 네가 여기서 나쁜 짓을 했다가는 당연히 벌을 받는다는 확신을 주는 것. 아마도 계속해서 나빠져만 가는 범죄를 대처하는 근본적인 대책이 될 수 있지는 않을지.

/ 셉테드
CPTED, Crime Prevention Through
Environmental Design.
환경 설계를 통한 범죄 예방.

아내의 생일

아내의 생일이었다. 어머니가 전화를 주셨다. 점심 먹으러 오겠니? 나는 거절하고 싶었다. 내심 생일날 시댁에서 점심 먹는 것은 좀 아니지 않을까. 그런데 이미 늦었다. 아내가 먼저 가겠다고 한 것.

집에서 먹는 음식은 참 맛이 좋다. 언제나 과식을 하게 된다. 갑자기, 어머니가 〈신혼일기〉를 본 친구분들의 반응을 전하며 "니가 아빠랑 너무 비슷하대"라고 하셨다. 화면에서 보이는 모습들, 눕거나 앉는 자세, 다양한 상황에서 나오는 나의 표정이 꼭 아버지를 닮았다는 반응을 전하더라며. 어릴 적 나는 아빠의 답답하리만큼 신중한 태도에 갑갑한 적이 많았더랬다. 매사 신속하고 기민하게 (좋게 말하면) 빠릿빠릿한 나와는 반대로 항상 말도 행동도 신중하게 하는 아버지는 비교적 모든 일들에 신속성을 강조하는 내가 언제나 불만이셨다. 당연히 나 또한 언제나 내 행동을 부정적으로 바라보는 아버지에게 솔직히 말하면 반감이 컸다. 나 정도 되면 그래도 칭찬받을 만하지 않을까 생각했지만, 학창 시절 그는 단한 번도 내게 따뜻한 칭찬을 해준 적이 없었다. 내게 기대가 컸기 때문이었다.

하지만 결국 나도 어쩔 수 없나보다. 난 그로 인한 존재니까. 내가 어디에서 나왔겠어. 결국엔 도망치려 해도 아빠의 모습으로 계속해서 다가가게 될 테지.

저녁엔 둘이 오붓하게 케이크를 먹으면서 노래를 불렀다.

아내와 함께 지난주 〈그것이 알고 싶다〉를 보았다. 영화처럼 잘 만든 작품이었다. 사람들은 말한다. 방송사는 왜 파업을 하느냐고. 왜 할까.

파업을 좋아하는 사람이 있을까. 아마 결코 없을 것이다. 내가 바라는 이상향은 문유석 판사님의 표현대로 멋진 '개인주의자'들이 많은 것이다. 그저 자신의 자리에서 자신의 일에 충실한 사람이 많은 세상.

여기서 중요한 것은, 하지 않아야 하는 일을 하지 않는 원칙. 결코 자신이 가진 힘과 자본을 남용해 사람들에게 피해를 주어선 안 된다는 규칙이다.

민간인의 행적을 감시하고 그 약점을 잡아 누군가를 억압하고 제어하는 방식. 권력을 가진 자에겐 참 달콤한 방법일 것이다. 누구나 칼을 잡으면 휘두르고 싶어한다. 인지상정이다.

다른 이의 비밀을 들여다보고 그 사람의 생각을 알아내는 것은 얼마나 즐거울까. 하지만 그래선 안 된다. 이것을 감시하고 말려야 한다. 힘 있고 가진 자를 견제하는 역할을 바로 언론이 해야 한다고 나는 생각한다. 이번 방송사 파업이 잘 마무리되어 각자의 위치에서 최선을 다할 수 있는 사회로 거듭나길 바란다. 모든 언론인들이 그 어느 편도 들지 않고, 모두를 사정없이 후려칠 수 있는 독한 감시견이 되기를.

역 시 남 는 건 사 진

〈신혼일기〉 제작진에게 보낼 사진을 찾다가, 오랜만에 유치원 앨범을 꺼냈다. 또랑또랑하게 웃음을 참고 있는 나의 모습. 무려 30년 전의 사진을 바라본다.

촬영을 하던 날의 흐릿한 기억. 울산에 있던 낡은 사진관, 손잡이가 있던 빨간 의자, 천에 난 구멍으로 보이는 노란 스펀지. 웃음을 참지 못하고 계속 부산스럽게 구는 나를 조용하게 만들려고 고생했던 사진사 아저씨와 부모님이 떠오른다.

뭐가 그리도 즐거웠고, 웃음을 참을 수 없을 만큼 좋았을까. 새로운 출발을 앞둔 어린 상진이를 바라보며 부모님은 또 어떤 생각을 하셨을까. 앞으로 어떤 인생을 살게 될 거라고 짐작하셨을까.

앨범에는 생각보다 사진이 많지 않다. 남겨진 추억들을 기억할 단서들. 지금부터라도 사진을 많이 남겨야겠다는 생각을 했다. 어렴풋이 남은 기억 속의 과거를 지금처럼 반추해볼 수 있는 기회가 이렇게 가끔 찾아올 테니.

나를 좀더 사랑하기

『내 이름은 루시 바턴』을 읽었다. 평범한 일생을 소박하게 그려낸 글임에도 그 솔직함에 큰 힘을 얻었다. 자신의 상처를 그대로 드러내는 일에는 용기가 필요하다. 더군다나 글로 남겨 기록한다는 것 역시 모든 이들을 향해 고칠 수 없는 흉터를 보여주는 쉽지 않은 일이다.

루시 바턴의 가장 큰 상처는 가난과 부모의 냉대였다. 그래서 소설의 전반적인 내용은 밝음보다 어두움, 자신감보다는 움츠러듦으로 가득했다. 친척집 차고에서 신세질 수밖에 없었던 과거, 반대하는 결혼으로 인한 부모와의 의절 그리고 결혼생활의 상처까지. 그는 나직이 자신의 암울했던 과거를 소환한다.

투병중이던 루시, 어느 날 연락이 끊겼던 엄마가 병원으로 찾아온다. 말없이 침대 옆에서 그녀의 곁을 지키는 엄마. 그들은 과거의 무겁던 기억들을 조심스럽게 꺼내기 시작한다. 아주 오래된 애칭인 '위즐'. 그 마법의 단어로 그녀의 마음은 따뜻해진다. 거부하고 도망치고 싶었던 과거의 기억들조차 내 삶의 분명한 한 조각임을. 그리고 지금 내 모습의 편린임을 깨닫는다. 투병을 통해 조금씩 그녀는 세상에 손을 내밀고 가족과의 관계를 회복해간다.

묘한 위로였다. 미디어 종사자로서 남들 앞에서 당당하고 멋있는 척하는 경우가 많은 나. 하지만 나 역시 흑역사투성이에 상처 많고 외롭고 힘없는 존재일 뿐이다. 냉대에 슬퍼하며 찬사에 기뻐하는, 일희일비하는 작은 존재.

하지만 그래, 내 이름은 오상진. 겉 포장지 안의 진짜 나를 더 사랑해야겠다.

드디어 서점을 오픈했다. 이름은 '당인리책발전소'. 가오픈이지만 오늘
부터 손님들이 찾아왔다. 차분히 앉아 아내에게 말을 건넸다.
"지금 기분이 어때?"

아내는 대답 없이 분주하다. 과연 어떤 사람들이 이곳을 채워줄 것이며
여기서 무엇을 느끼게 될까. 말없이 방탄소년단 사진을 정리하는 아내
를 보며, 그래 이곳에 멤버 정국이가 오면 좋겠다고 생각했다.

오후엔 아내가 노래를 발표했다. 다재다능한 소영이. 직접 쓴 노랫말의
내용이 너무나도 궁금했다. 발표 전엔 절대 보여줄 수 없다고 했던 가
사. 들어보니, 가창력이 참 뛰어난 아내의 노래는 감미로웠지만…… 그
런데 꼭 물어보고 싶다. 가사는 왜 때문에 슬픈 거죠.

아직 할 일이 많다

첫 주말, 많은 분들이 서점을 찾아주셨다. 지인과 측근들의 축하 화분, 많은 이들의 제언. 그리고 경험 없는 내가 하는 작은 실수들. 결국 해보지 않고서는 그 어떤 일도 알 수 없다는 사실을 또 한번 절감한다.

베이컨토스트는 생각보다 시간이 많이 걸리며, 라테는 만드는 데 아메리카노보다 두 배의 시간이 걸리며, 드립 커피의 온도를 따뜻하게 내기란 여간 어려운 것이 아니고, 띠지가 책을 정리하는 데 사람을 미치게 하는 것 같은…… 아주 사소하긴 한데 기절할 정도로 중요한 일들 말이다. 카운터 앞에서 그저 주문을 하던 사람에서 이제는 카운터 안쪽에서 물건값을 계산하는 입장까지, 거리는 단 50센티미터 차이지만 그 너머의 일들은 상상도 할 수 없을 만큼 전쟁같다.

제주, 광주, 부산 등 멀리서 와준 사람들에게 우리는 만족스러운 공간을 제공하고 있을까. 아직은 모자란다는 생각이다. 하지만 우리가 좋아서 한 일이라 결코 힘들지는 않다. 신나게 또 즐겁게 더 멋있는 장소로 꾸며나가야지.

마지막으로 의자를 정리하며 쑤시는 어깨를 서로 주물러주었다.

아내의 끼를 넌지시 보다

오픈 후 맞이하는 첫 휴일. 잡지 촬영을 위해서 몰래 가게를 열었다. 휴일인 것을 모르고 몇 분이 오셔서, 들어가도 되는지 물었다. 아내의 화보 촬영이 진행중이라고 말씀드리면서, 들어와 계셔도 괜찮다고 했다. 멀리 울산에서 오신 손님들이 들어와서는 닫혀 있었다면 진짜 큰일날 뻔했다고 하셨다. 등산객 차림으로 있는 내가 좀 뻘쭘했다. 옷이라도 잘 갖춰 입고 올걸.

이젠 매일매일 옷차림에도 신경을 써야 한다는 생각이 퍼뜩 들었다. 뭐 패션쇼까진 아니더라도 단정하게 잘 입어야 하겠지.

아내가 의외로 화보 촬영을 잘해낸다. 끼가 있었구나.

노동의 꽃은 야식

노동의 꽃은 야식이 아닐까. 오늘도 긴긴 하루를 보냈다. 왜 사람들이 사업을 하며 몸이 상하는지 밤늦게 둘이서 라면을 끓여먹으며 이해할 수 있었다. 손님들을 맞이하느라 제대로 된 식사를 챙길 수가 없으니 열량이 높은 과자 같은 것을 먹으며 버티다가 마감을 하고 돌아와 하루종일 주린 배를 야식으로 차곡차곡 채우는 악순환.

"힘들지 않아? 생각보다 잘되어서 나 진짜 놀라는 중이야."
"그래도 난 잘될 줄 알았어. 진짜 열심히 준비했잖아."

아내의 당당한 대답. 아내에게 김치를 찢어 건네드렸다. 진짜 멋있는 여자라고 생각했다.

웬만하면 직접 한다

분필로 서점 간판을 썼다. 우리 가게의 모토이자 앞으로 가훈이 될지도
모를 '웬만하면 직접 한다'를 실천하며 썼다. 판서란 쉬운 것이 아니다.
조악하지만 해봤다. 함께. 이렇게.

감정을 드러내는 법

〈신혼일기〉 마지막 방송이었다. 서운하고 또 아쉽고 그러면서도 뭉클하고 여러모로 기억에 남는 추억이다. 무엇보다도 큰 수확은, 한 발짝 떨어져 나의 모습을 바라볼 수 있었던 것. 문득문득 스쳐가는 순간적인 표정들. 내가 느낀 감정과는 미묘하게 달라 보이는 서툰 표정의 모습들이 많이 보여서 아쉬웠다. 좋으면 좋다고 하고, 싫으면 싫다는 표정을 조금 더 내비치면 좋겠다라는 생각이 들었다. 항상 남자다움을 강요받았던 성장환경 속에서 감정을 숨기는 포커페이스로 사는 것이 미덕이라고 생각해온 탓이다.

함께 살면서 나를 바라보고 있는 소영이가 앞으로 내 얼굴의 표정만 보더라도 진짜 행복한 줄 제대로 알 수 있도록, 솔직한 나의 감정을 잘 드러내야겠다. 근데 이건 연습으로 되는 걸까?

멋있는 할아버지로 나이들어야지

오늘 아내의 녹화가 있다. 스타일에 관련된 프로그램. 〈신혼일기〉 후 처음으로 하는 고정 프로그램이다. 제목은 〈남자다움, 그게 뭔데?〉.

첫 주제는 남자의 패션이란다. 사실 아내가 관심이 많은 분야가 아니어서 걱정이 되기도 하지만, 나로서는 의외로 산업적인 측면에서 '브랜드'에 관심이 참 많다.

아내가 물어온다. 슈트 하면 생각나는 브랜드는? 생각 외로 많은 이야기를 풀어내는 내게 아내는 놀란다. 그래도 양복 모델까지 했던 나야, 나. 패션 이야기를 하다가 문득 노년의 옷차림에 대해 생각해본다. 나이들면 옷은 어떻게 입지? 뭐랄까, 기품이 있으면서도 가볍지 않으면서도 그렇다 하더라도 늙수그레하지 않은 그런 느낌. 보트 슈즈에 치노 팬츠, 터틀넥 스웨터에, 팔꿈치에는 패치를 덧댄 체크 블레이저. 살짝 보이는 흰머리도 기품 있는 멋으로 보이는 그런 사람. 그런 모습으로 나이들어갔으면 좋겠다. 살찌지 말아야겠다는 다짐을 밝히자, 소영이는 별로 좋아하지 않는다. 다이어트 같은 거 하지 말라고. 어깨 쿠션이 줄어든다며.

우리가 함께 갈 미래

가즈오 이시구로의 『나를 보내지 마』를 읽었다. 세상에나. 나는 왜 이제야 그의 책을 만난 것일까. 한편, 이 책을 보겠다는 사람들은 절대 이 글을 읽지 않기를 바란다. 이 책은 어떤 사전 정보도 없이 만나야 가장 빛을 발할 거라 생각하니까.

암울한 전망이겠지만 우리 인류는 미래를 대비해 옳고 그름이 아닌, 결국 가장 많은 사람에게 이득이 되는 방향으로 선택을 할 거라고 봅니다. 인간 복제와 그것이 상용화된 이후의 세계. 단지 인간의 장기를 얻어낼 목적으로 만들어진 존재를 우리는 어떻게, 무엇이라고 부를까요.

유발 하라리는 『호모 데우스』를 통해서 인간이 모든 신체를 기계로 대체할 수 있는 세상을 예견했고, 그 속에 등장한 몇몇 사례들은 우리의 뇌와 영혼마저도 다운과 업로딩을 통해 영속할 것이라고 하기까지 했습니다. 그야말로 돈이면 영생이 가능한 시대가 올지도 모른다는 겁니다.

소설 속 단지 사육되고 장기를 적출당할 목적으로 이 세상에 태어난 캐시, 루스, 토미 그리고 그들을 바라보며 성장 과정을 지켜보는 다른(?) 사람들. 많은 사람들이 이 책을 보며 함께 우리가 살아갈 미래에 대해 고민하고 토론했으면 좋겠다.

215

소속사를 정한다는 것

아내의 기획사 미팅에 함께했다. 친한 선배들이 많은 곳이고, 아는 연예인들도 많은 곳이다.

퇴사하는 아내에게뿐만 아니라 내게도 소영이의 YG행을 물어보는 사람들이 참 많았다. 부부가 함께 같은 회사에서 활동하는 예도 많고 아마도 함께 무언가를 할 때 참 편할 수도 있겠지만, 우리는 고심 끝에 결국 다른 회사랑 계약하기로 했다.
한동안은 소속사 없이 서점을 오픈하는 데 주력했지만, 늘어나는 인터뷰에 방송 섭외에…… 이제는 더이상 소속사 없이 활동하기엔 소영이도 많이 힘에 부쳐 보였다.

"나 어떻게 해야 해?"
"글쎄, 소속사에 들어간다는 것은 많은 부분 한 팀이 될 사람을 만드는 거니까. 뭘 하고 싶은지 뭐가 싫은지 잘 이야기하는 게 좋지 않을까? 너의 방향성이나 걸리는 부분들을 가감 없이 털어놨으면 좋겠어."

지금은 기획사로 자리를 옮긴 한 선배의 조언이 참 고마웠다. 굳이 해주지 않아도 되는 기획사 내부의 좋지 않은 면까지 많이 얘기해주었다. 무엇보다 중요한 것은 내려놓는다는 것이라고 했다. 아나운서로서 가지고 있던 여러 가지 것들을 다 내려놓고 방송을 해야 한다는 것. 그 말씀을 들으며 나 역시 속으로 좀 뜨끔했다.

요즘 가장 핫한 이슈인 페미니즘의 역사와 우리의 인식에 대한 주제로 〈차이나는 클라스〉 녹화를 했다. 구조적인 모순을 해결하려는 운동을 넘어서 남녀가 서로 극렬히 대립하면서 싸우는 요즘, 페미니즘에 대한 제대로 된 이해를 돕고자 제작진이 이 특집을 마련했으리라.

그간 여성들이 그들의 권리를 찾기란 쉬운 일이 아니었다. 우리에게 모든 시민의 독립을 주었다고 생각되는 프랑스혁명조차 여성에게는 정치적 발언과 투표권을 허락하지 않았던 반쪽짜리 혁명이었다는 것은 많은 사람들이 알지 못하는 사실일 것이다.

그들 역시 프랑스 국가 〈라 마르세예즈〉를 부르며 함께 남성들과 바리케이드를 치고 돌을 나르며 동지를 보살피고 숨겨주는 역할을 맡았지만, 여성의 정치적 권리를 주장하던 올랭프 드 구주는 그저 단두대의 이슬로 사라질 수밖에 없었다. 프랑스는 결국 1941년에야 여성의 투표권을 허락했을 뿐이다.

오찬호 작가는 양성평등을 단지 여성만의 문제는 아니라고 했다. 우리가 그릇된 성정체성을 부여한 것은 여성뿐만이 아니라 남성들도 왜곡된 남성성의 강요로 고통받는다는 것이다. 남자다워야지, 남자가 그것

218

도 못하냐, 이 정도라면 남자는 무조건 해야지라는 속박 속에 남자 역시 비슷한 고통을 받으며, 또한 그것은 성 소수자에 대한 억압으로도 필연적으로 귀결된다는 것이다.

이제 우리는 우리 모두가 어때야만 한다라는 구속을 벗어던질 필요가 있지 않을까. 타인의 다양성을 인정하면서 남녀의 갈등 없이 우리 모두 조화롭게, 스스로 원하는 대로 살 수는 없는 것일까. 결국 서로 다른 성별인 우리는, 가장 사이좋게 잘 지내고 싶은 사람들 아닐까.

내가 겪었던 부담에 대한 보상 심리, 그로 인한 타인에 대한 경멸은 이제 내려놓고 하나하나 개인으로 상대를 바라보면 좋겠다. 그게 우리 모두를 속박으로부터 자유롭게 해줄 것이다.

쫄지 말고 막해, 방송

여의도에서 촬영을 하다가 오래된 단골 '희정 부대찌개'에 들렀다. 이곳의 부대찌개는 다른 곳과는 다른 특별한 맛이 있다. 느끼하기보다는 시원하고, 구수하기보다는 얼큰하고 칼칼한 맛이 일품이다. 사장님이 직접 서빙을 해주시며 오랜만이라고 반겨주셨다.

3년 만의 방문이다. 아저씨께선 상암동으로 방송국들이 옮겨가면서 한동안 고전하다 요즘에야 다시 괜찮아졌다고 한다. 처음엔 MBC와 같이 상암으로 이전할까 고민이 많으셨다고. 방송가에선 진작부터 유명했지만 많은 이들은 〈수요미식회〉에 나온 집 정도로만 알고 있을 것이다.

이곳에 처음 왔던 건 신입사원 시절, 지금은 세상을 떠난 대선배 故 송인득 아나운서와의 점심 자리였다. 소주와 부대찌개를 사주시며 방송에 대한 이런저런 말씀을 들려주셨던 기억이 떠오른다.

늦은 밤, 녹화가 끝나고 사무실에 가면 선배님은 항상 그날의 모든 야구 경기의 리포트를 쓰고 기록지를 일일이 적고 계셨다. 직원들이 포스트 잇을 너무 많이 쓰신다며 면박을 드리면, "미안해" 머쓱한 웃음을 던지며 즐겁게 넘기는 소탈함을 갖춘 송 선배님은 항상 모든 스포츠 종목들을 사랑했고, 그에 대한 공부를 게을리하지 않으셨다.

이곳에 오면 그분이 자주 앉으셨던 자리가 잘 보이는 곳에 앉는다. 차마 그곳에 앉지는 못한다. 두꺼운 기록지 뭉텅이를 살펴보며 중계를 준비하셨던 그분이 갑자기 보고 싶다. 모든 방송을 철저하고 성실하게 준비하며 전설적인 캐스터가 된 송인득 선배님. 왜 좋은 사람은 일찍 우리 곁을 떠나고 마는 걸까.

숙직 근무중 그의 응급실행 소식을 듣고 부랴부랴 선배 세 명과 함께 일산의 어느 병원으로 달려간 저녁. 많이 수척해진 모습으로 우리들에게 괜찮다는 눈인사를 남기고는 중환자실로 떠난 선배님. 그게 그와의 눈물겨운 마지막이다.

"재지 말고, 그렇다고 연예인들 앞에서 쫄지 말고 막해. 방송."

선배님이 그때 들려주셨던 조언이다. 부대찌개 맛이 쌉싸름해졌다.

아무런 감정이 없다는 것

손원평 작가의 소설 『아몬드』. 잡자마자 한달음에 읽었다. 아몬드는 한자로 표기하면 '편도'가 된다. 조각 '편' 복숭아 '도'. 아마도 복숭아씨와 비슷한 열매의 모양을 따왔으리라.

안창호 선생의 호인 도산의 '도' 역시 아몬드를 뜻한다. 고국의 독립을 위해 애쓰던 중, 선생은 배를 타고 일본을 떠나 자유민주주의의 상징과도 같은 미국으로 향한다. 그 배에서 처음으로 봤던 미국 땅의 이름을 따라 그는 호를 도산으로 삼는다. 아몬드를 꼭 빼다박은 섬. 그곳은 하와이다.

뇌에는 아몬드처럼 생긴 편도체라는 조직이 있다. 대부분의 감정은 이곳을 통해 발현되는데 주인공은 이 지점에서 남들과는 다른 특별함을 갖고 태어났다. 편도체 비활성.

아무런 감정을 느끼지 못한다는 것은 어떤 느낌일까. 모든 것에 무덤덤해진다는 것. 우리와는 완전히 다른 각도로 세상을 바라본다는 것. 또한 그렇다는 이유로 이 세상의 모두는 그를 완전히 다른 각도로 바라볼 것이라는 것. 주인공의 어머니와 할머니가 가장 무서워하는 것은 바로 사람들의 차별과 냉대였다. 세상이 '다름'을 어떻게 대하고 받아들일지 아

222

는 어른들은, 결국 그의 곁을 떠나기 전까지 감정이라는 것을 학습시키려고 끝까지 애썼다.

슬픔이란 무엇이며, 어떤 상황에서 그걸 느껴야 하는지, 그리고 그럴 때 타인을 바라보는 표정과 해야 할 말이 무엇인지를 끊임없이 알려주는 어머니. 그녀는 아들이 결코 왕따나 이단아가 되길 바라지 않았다. 그리고 매일매일 아들에게 열심히 아몬드를 먹인다. 혹시나 아몬드를 닮은 편도체가 그로 인해 다시 살아나기를 기원하면서.

그러나 결국 소설을 통해 우리의 감정을 가장 뜨겁게 만드는 것은 주인공 윤재. 감정을 가지지 못한 것이 결코 메마른 인간이 아님을, 오히려 감정을 가진 우리 모두가 더욱 서로에게 마음의 폭력을 저지르고 있음을 『아몬드』는 슬프게 알려준다. 소설은 뭉클한 감동으로 우리를 안아준다.

저녁까지 책에 빠져 지내느라 아내가 말을 걸어와도 듣는 둥 마는 둥 대답을 해버려, 아내의 편도체가 꽤 활성화됐다. 미안. 지금은 잘 자고 있는 아내와 내일 아침엔 열심히 수다떨어야지.

또다시, '만나면 좋은 친구'이길

방문진 이사회로부터 MBC 사장이 해임된 날, 아나운서국 사람들을 만났다. 오랜 시간 고통받았던 사람들에게 새로운 시대가 찾아왔다. 그 소식이 들릴 때 나는 공교롭게도 여의도 스튜디오에서 드라마 촬영중이었다. 녹화가 끝나고 한 고깃집에 모인 그들을 찾아갔다.

축하 인사를 건네며 술잔을 부딪쳤다. 우리는 어리둥절하고, 파안대소하며, 그간의 설움에 복받쳐 울었다. 내가 가장 미안했던 것은 한 번도 좋았던 시절을 경험하지 못한 후배들이었다. 선배들을 따라 마이크를 내려놓고 기약 없는 싸움에 동참해주었던 후배들. 초롱초롱한 눈빛에 더 면구스러워졌다. 소주를 따라주며 앞으로 더 훨훨 날아오르라고 했다. 앞으로는 그들이 더욱 가벼운 마음으로 마이크를 잡길 바란다.

2012년 초, 나는 이번 정권 동안엔 방송할 생각을 하지 말라는 말을 들었다. 그리고 나는 고심 끝에 MBC를 떠났다. 운이 좋아 상암동의 여러 채널을 돌며 일은 할 수 있었다. 하지만 내게는 결코 돌아갈 수 없었던 MBC. 난 항상 그곳을 바라보며 그 안의 동료들을 그리워했다.

언젠가 한 케이블 방송국에도 나를 부정적으로 서술한 국가 정보기관의 문건이 돌고 있다는 사실을 알았을 때의 충격도 기억났다. 눈앞이 캄캄해졌던 그날. 그 문건을 만든 사람들, 아마 나를 미워해서 그런 건 아닐 것이다. 그저 자신의 할 일을 한 것이거나 이득을 챙기고자 그랬겠지.

힘들게 좋은 결과를 얻은 동료들도 그리고 다른 길을 택해 걸어가고 있는 나도, 최근까지 힘들어했던 아내도, 이제 모두 각자의 위치에서 행복해집시다. 우리 모두 행복하길 바라며 살잖아요. 즐거워지십시다. 이제 서로의 위치에서 서로 해야 할 일만 할 수 있도록 해요. 무엇보다 MBC가 또다시, '만나면 좋은 친구'로 자리매김할 수 있기를 응원합니다.

최선을 다해 매일매일 좋아지기

매일 아침 커피머신의 세팅을 잡으며 새삼 세상 살아가는 어려움을 생각한다. 주어진 온도와 습도에 따라 미묘하게 차이가 나는 그날의 에스프레소. 매일매일 새로워지지 않으면 타성에 젖게 되고, 정신을 차렸을 때는 생각보다 많이 늦어질 수도 있다는 것.

내가 컨트롤할 수 있는 건 물의 온도와 압출하는 시간일 뿐, 결국 주어진 조건 안에서 내가 할 수 있는 최선을 다할 수밖에 없다는 것.

내가 내린 커피를 맛있다며 좋아해주는 사람들의 표정을 보며, 행복이란 결국 내 주변의 이웃들과 나누어야만 진짜가 될 수 있다는 것을 깨닫는다.

아직 갈 길이 먼 초보지만 매일매일 좋아지고 있습니다. 조금씩 조금씩 나아지려고요.

우리만의 베스트셀러

처음으로 '당인리책발전소 Best 10'을 선정했다. 정확히 판매 부수만을 반영한 순위. 역시 전부 손글씨로 적었다.

처음 이곳을 만들 때 아내와 나는 '우리 책방만의 베스트셀러'가 탄생하길 바랐다. 다들 잘 모르거나 아쉽게도 이미 잊힌 책, 아직 발견되지 않은 책, 시대를 잘못 만나 많이 안 팔렸던 책들이 주목받을 기회가 있으면 좋을 거라며.

이렇게 판매 실적으로 집계를 하니 대형서점의 베스트셀러에서 볼 수 없는 책들이 제법 있다. 나와 소영을 이어준 책이라거나 아내가 SNS로 추천한 책들은 출판사 분들이 우리 서점에 따로 찾아올 정도로 반응이 뜨겁다. 아내도 본인의 영향력에 제법 놀란 눈치.

내 마음을 울렸던 책을 사람들이 함께 읽을 때의 기쁨. 서점을 나서며 책 정말 재미있게 보고 간다는 손님의 인사를 들을 때의 짜릿함이란. 좋아하는 책을 사람들과 나누고 즐긴다는 것. 이것이 동네서점이 누릴 수 있는 가장 큰 보람과 행복이 아닐까?

오늘 먹을 저녁거리를 사다가 우리가 처음 함께 장을 보던 날이 떠올랐다. 부푼 마음을 안고 처음 장을 보던 날. 아내는 무슨 음식을 할지 몰래 계획했지만, 나에게 다 들키고 만다.

고추장과 호박, 돼지고기, 두부. 이 쪽지를 보면 어떤 요리가 떠오르는가. 그래서 난 아내에게 "오늘 호박고추장찌개를 먹겠군"이라고 했더니 대단히 실망하는 눈치.

사실 어머니와 오래 살았던 아내가 처음부터 살림을 잘할 수는 없다고 생각했다. 특히나 장보기는 요령이 아주 많이 필요하다. 먼저, 일종의 보급병으로서의 재능이 필요한데, 창고에 있는 재고들을 대략적으로는 알아야 물건을 살 수 있다. 나로서는 그래도 10여 년이 넘는 장보기 스킬로 익숙한 일인 반면, 아내는 그렇지 못하다.

재고 파악만 중요한가. 장을 볼 때 마트 내부의 동선과 물건의 위치를 파악하는 것도 필수 요소. 어느 코너에 무엇이 있으며 좌우로는 어떤 코너들이 배치되어 있는지를 알아야 비교적 수월하게 장을 볼 수가 있다. 이게 끝이 아니죠. 그리고 이어지는 디테일들. 100원짜리 동전을 미리 준비한다든지, 카트를 어디서 가져와야 하고, 주차는 어느 구역에 해야 돌아갈 때 수월할지까지 익히게 되면, 어느 정도 장보기의 튜토리얼 정도는 끝냈다고 봐야 할 듯.

둘이 장을 본 첫날, 내가 물건을 박스에 담아 포장을 하고 있는 사이 아내는 카트를 저멀리 제자리에 갖다놓았다. 그리고 해맑게 "나 잘했지?"라며 칭찬 덕후의 모습을 보인다.
"그럼 이걸 지하 주차장까지 들고 가야 하나?"
그제서야 실수를 깨달은 아내.
"그럼 다시 가져오면 되지. 그런데, 소영아. 카트에 꽂은 100원은 어떻게 했어?"
아내는 황망한 얼굴로 해맑게 나를 쳐다봤다. 하아. 아름다운 나눔…….

오늘 아내의 모습은 참으로 멋졌다. 이제는 물건을 살 때 박스를 만드는 것도 잘 도와주고, 카트를 미리 가져다놓지도 않는다. 물론 카트를 주차하고 100원을 뽑아오는 것도 잊지 않았다.
"이 정도면, 나 엄청 성장한 거 아냐?"
암요. 그럼요.

우리의 진짜 행복

나는 일종의 처세법을 알려주는 류의 책을 좋아하지는 않는다. 살면서
필요한 여러 가지 덕목을 우리가 여러 가지 이유로 실천하지 못할 뿐이
지, 몰라서 못하는 것은 없다고 생각하기 때문이다. 성실하게 배려하며
침착하게 절약하며. 나도 안다, 뭐.

이 책 『신경 끄기의 기술』을 처음 펴기 전 나는, 이것도 일종의 그런 책
이려니 하는 선입견을 갖고 무심코 첫 장을 넘겨보았다. 무언가 하지 않
으려는 마음, 집착보다는 내려놓는 것이 중요하다며 시작하는 첫 챕터.
'뭐야, 부처님 이야기잖아. 수천 년 반복된 클리셰겠군, 흠.' 역시 시시함
을 느끼던 차에 만난 두번째 장의 타이틀.

"해피엔딩이란 동화에나 나오는 거야."

이 한 줄에 홀려, 나는 그대로 책 속으로 미끄러져 들어가 끝까지 책을
놓지 못했다.

이 책은 우리의 마음을 다독이며, 내 두 다리를 땅에 닿을 수 있게 해준
다. 그리고 용기를 준다. 먼 곳이 아닌 우리의 진짜 행복을 이야기해준다.
무엇이 중요하고 남겨야 할 것인지를 알려주는 귀한 글. 많은 분께 정말
로 현실적인 위로를 줄 수 있는 책이다. 강추.

이 시대 아나운서들의 고민

JTBC 후배들과의 점심. 예전에 〈신입사원〉이라는 프로그램을 통해 알게 된 K 그리고 몇 번 식사를 함께하기로 한 C, 이렇게 후배 둘과 함께한 자리.

개인적으로 〈신입사원〉은 참 아쉽고도 미안한 프로젝트였다. 공개 오디션을 통해 아나운서를 뽑는 취지로 시작된 프로그램. 먼저 합격했다는 것 하나로, 도전자들을 너무 잔인하게 몰아붙인 것 같아서 조금은 후회도 된다. 결과적으로 많은 스타들을 만들었으니 괜찮다고 할 수 있을까?

그들과 아나운서라는 직업의 미래에 대해 이야기했다. 강한 자극과 높은 수위의 프로그램들이 시청률로 주목받고 사랑받는 요즘의 미디어 환경 속에서 과연 어떤 방송을 해야 할지에 대한 고민이 주된 화제였다. 마음껏 극한 재미를 추구하지 못하는 아나운서라는 직업. 너무 나댈 수도, 그렇다고 너무 젠체할 수도 없는 이중적인 상황 속에서 그들은 고민이 많았다. 이 직업을 가진 조직은 어떤 방향성을 갖고 나아가야 할까. 한때 그들의 고민을 나도 안고 살았었고, 선배들과 치열하게 고민하며 답을 찾고자 노력했었던 그런 문제.

나는 이제 더이상 아나운서가 아닌 '방송인'이지만 조심스레 그들을 위해 몇 가지 조언을 해주었다. 그리고 나를 돌아봤다. 나는 누군가에게 조언을 할 정도로 괜찮은 사람일까. 나는 잘하고 있는 걸까.

아내의 새 둥지

아내의 소속사가 결정되었다. 새로운 둥지에서 멋진 모습으로 활약하길. 다만 그녀는 기사에 '오상진 아내'로 헤드라인이 뽑힌 데 대해 무척이나 서운해하면서 화가 난다고 했다. 소영은 자주적인 방송인으로 거듭나고 싶어한다. 그녀의 생각을 100% 지지한다. 아내 또한 이런 현상들이 어쩔 수 없다는 걸 인정했다. 클릭 수를 통해 수익을 얻는 지금의 환경 때문에 인터넷 기사들이란 모름지기 자극적으로 흐를 수밖에 없다. 누구도 비난할 수 없는 현실.

1990년대 말의 일이 기억나시나요. 트래픽이 몰리던 포털의 영향력 확장에 맞장을 뜨기 위해 그 당시 가장 영향력이 큰 스포츠 매체들이 모여서 새로운 포털을 만들었다. 그 이름은 '파란'. 당시에 그 신문들의 영향력은 지금과 비할 수 없을 정도였다. 각 매체마다 연예계를 뒤흔들 만한 파워를 가진 기자들이 계셨으니까. 그들이 쓰면 그대로 특종이 되던 시기, 대대적인 광고와 함께 출범한 포털. '파란'은 이름 그대로 인터넷 시대의 새로운 파란을 일으킬 것만 같았다.

그러나 세상일은 쉽지 않은 법이죠. 모두가 다 아는 것처럼요. 사람들은 그들의 예측대로 결코 움직이지 않았다. 네티즌들은 요지부동 계속해서 N사 혹은 D사로 설정된 초기화면을 이용했고, 그 거대 포털의 큰 영향력은 지금까지도 유지되고 있다. 전환 비용*의 위력을 실감하게 하는 대목이다.

게으름은 모든 것을 이긴다고 하죠. 가장 보수적인 소비 패턴이 가장 빠른 인터넷 서비스에서 나타난 것이 참 아이러니했다. 습관이란 이렇게 무섭다.

'파란'으로 빠져나간 자리, 이 지구의 물리법칙이 진공을 허락지 않듯 그들 주요 매체의 빈 공간은 새로운 인터넷 언론들이 차지했다. 포털을 기반으로 움직이는 신생 인터넷 매체들. 그들은 지금까지 기민하게 움직이며 수많은 기사를 생산하고 여론을 주도하며 우리 인터넷 문화의 한 축을 담당하고 있다.

언젠가 '김소영 남편 오상진'이라는 기사를 보고 싶네요.
모쪼록, 아내의 건승을 빕니다.

／ **전환 비용**
　소비자가 신기술을 적용하여
　만들어진 제품에 적응하는 데
　요구되는 비용.

우리의 크리스마스

메리 크리스마스. 결혼을 하고 가장 좋은 것은 성탄 당일을 집에서 놀며 함께 보낼 수 있다는 것. 한국 한정으로 오늘 바깥은 위험하다. 숨만 쉬어도 지갑이 헐거워지는 날이다. 모든 물가가 평소보다 몇 배로 뛸뿐더러, 예약을 하지 않으면 어디 자리를 찾기도 힘들다.

아내가 여자친구이던 시절, 크리스마스 날 내게 부쉬드노엘 케이크를 만들어준 기억이 난다. 어려운 이름인데, 왜 통나무 모양으로 생긴 케이크 있잖아요. 케이크의 완성도와 맛에 정말이지 깜짝 놀랐다.

올해 크리스마스의 요리사는 나. 메뉴로는 맛있는 봉골레 파스타와 아내가 정말로 좋아하는 훈제오리찜으로 결정. 장을 보러 가는 길은 예상 외로 험난했다. 주차장으로 가는 길, 군데군데 사고 차량까지 끼어 차가 꿈쩍도 하지 않았다. 나는 핸들을 꺾어 근처 공영주차장으로 향했다.

아내도 나도 참 좋아하는 크리스마스. 운전하느라 진을 다 빼긴 했지만, 와인 한잔을 곁들여 또 하루 잊지 못할 추억을 만들었다. 감사해요. 중동에서 태어난, 어느 신의 아드님.

즐거우면서도 슬프면서도

어제는 연예대상에 참석해 시상을 했고, 오늘은 연기대상 MC를 보았다. 오랜만에 간 MBC 공개홀. 이제는 누군가의 요청이 있어야 들어갈 수 있는 상암동 MBC. 뭐랄까 즐거우면서도 슬프면서도 복잡미묘한 여러 가지 감정들이 뒤섞일 수밖에 없었다.

집에 돌아왔다. 아내는 나의 복귀에 기뻐하면서도 문득 자신의 현재를 돌아본 듯했다. 슬며시 얼굴에 비치는 우울함. 마냥 즐길 수는 없는 밤이다.

우리에게 어떤 일이 펼쳐질까

한 해의 마지막날, 잠실에서 열린 제야의 밤 콘서트에 참석했다. 연말에는 뭐니뭐니해도 클래식 공연을 들어야죠. 콘서트홀의 규모나 시설이 대단했다. 파이프오르간에서 나는 소리가 웅장했다.

'연말엔 클래식'이라는 마음속의 이미지는 어릴 적 아버지 덕택에 만들어졌다. 손에 털장갑을 끼고 아빠에게 이끌려 갔던 공연. 큰 규모의 합창단이 불러주는 베토벤 교향곡 9번 〈합창〉. 공연장 객석의 작은 소년은 곡의 내용을 알아듣진 못했지만, 음악이 주는 아름다움에 실로 압도됐다. 천사가 내려오듯 나를 감쌌던 묘한 분위기. 그 이후 한동안 나는 매년 연말이면 클래식 공연을 보러 가자며 부모님을 졸랐고, 연례행사처럼 우리 가족은 〈합창〉을 들으며 새해를 맞이했다.

공연이 끝나고, 간신히 차를 빼 집에 도착하니 11시 30분. 다행히 아내와 해피뉴이어 키스를 할 수 있었다. 2018년 새해, 과연 우리의 인생엔 어떤 일이 펼쳐질 것인가. 기대가 됩니다.

좋은 기억으로 남는 것

새해의 첫날은 처가댁의 떡국으로 시작했다. 오랜만에 만나는 후추가 날 잊지 않고 반갑게 맞이했다. 아침 산책과 용변 치우기 등으로 쌓은 정의 위대함을 느꼈다. 후추는 꼬리를 흔들다못해 몸을 못 가눌 정도로 몸을 흔들어댔고, 나는 맛있는 간식을 주며 화답했다.

누군가에게 좋은 기억을 남기는 것은 그래서 중요한 것 같다. 모두에게 친절한 사람이라도 유독 나만 괴롭힌다면 그게 다 무슨 소용이겠어요. 그는 나쁜 거죠. 가끔 정말 나쁜 사람의 변호를 열심히 해주는 이들을 본다. 저 사람이 왜 저러나 고개를 갸우뚱거리다가도 생각해본다. 아마도 그와 있었던 좋은 기억들의 끈을 놓지 않고 싶었으리라.

술자리에서 MBC 입사 동기가 연수원에서의 추억을 이야기해준 적이 있다. 그는 쉬는 시간마다 음악을 듣던 나를 한참이나 오해했단다. 이어폰을 꽂고 있는 맞은편의 내가 자신과 대화하고 싶지 않아 보였다고. 펄쩍 뛰며 부인했다. 그럴 리가. 난 그저 음악이 듣고 싶었을 뿐이었다. 원치 않는 이런 오해들이 살면서 참 많았겠죠. 근데, 걱정하면 뭐하겠어요. 오늘부터 잘해야죠.

1987년의 어느 날

영화 〈1987〉. 엔딩크레딧이 모두 올라간 후에도 한참을 일어나지 못했다. 흐르는 눈물이 창피했던 것보다는, 그 이후의 지나온 시간들을 반추하며 생각에 잠길 수밖에 없었다. 옆에 있던 아내 역시 눈물을 보였다.

내가 초등학생이던 1987년의 어느 순간, 누군가는 치열하게 한국의 민주주의를 위해 목숨을 던졌고, 누군가는 그런 가족을 애끓는 마음으로 지켜보았을 것이고, 또 누군가는 방패를 들고 그들을 막고 있었을 것이며, 다른 누군가는 그들을 잡아 빨갱이로 색칠하기 위해 전기와 물로 고문하고 있었을 것이고, 또다른 누군가는 자신의 권력을 유지하느라 동분서주하고 있었을 것이다.

그 시간을 지나 2018년, 모든 사람들이 바랐던 세상을 우리는 만들어낸 걸까? 누군가의 희생을 통해 이루어낸 가치를 우리는 지켜왔던 걸까? 치열하게 고민하며 가슴을 쥐어뜯게 만드는 영화였다.

수많은 사람들의 희생, 1987년의 항쟁으로 얻어낸 대통령 직선제. 그리고 그해 겨울, 우리는 노태우 대통령을 뽑았다.

살면서 대법관을 만날 일이 있는 이는 거의 없다. 우리의 대부분은 그저 묵묵히 자신의 자리에서 원칙을 지켜가며 선하게 사는 사람들일 것이다. 하지만 그렇게나 멀리 있고 만나기 힘든 법관의 판단 하나하나가 모여 우리 모두의 삶의 방향을 결정하고 있다고 한다면 과장이 심한 걸까. 결코 아닐 것이다.

현대 국가의 기틀이 다져진 이후 안정화된 사회에서의 상급 법원의 존재감은 절대적인 것이며, 실제로 멀게는 1980년의 과외 금지 위헌 판결(개인적으로 꼽는 한국인의 인생에 가장 영향을 두루 끼친 판결 1위)부터 가깝게는 작년 3월의 탄핵 결정처럼 판사들은 우리의 역사와 인생을 바꿔놓는 역할을 해왔다.

개인적으로 그리고 지면상으로 만나며 애정해온 필자인 권석천 JTBC 보도 국장은 법대를 졸업한 이후 법조계 담당까지 두루 거친 전문성은 물론이고, 치밀한 구성과 꼼꼼한 인터뷰를 바탕으로 마치 한 편의 드라마를 보는 듯한 대법원의 모습을 한 권의 책으로 그려냈다. 돌이킬 수 없는 결정들을 하는 법관들의 개인적인 이야기들부터 조직의 모습과

240

그 안의 갈등과 개혁을 위한 움직임까지. 한 편의 웰메이드 드라마를 보 듯 쉴새없이 한 글자 한 글자 꾹꾹 눌러 읽었다.

삼심제를 택하고 있는 우리. 대법원의 결정에 우리가 '법적으로' 이의를 달 수 있는 방법은 없다. 개인적으로는 법에 대해 1도 모르지만 판사들 은 우리를 위해 존재하며, 그들은 우리의 세금으로 만든 녹을 먹고사는 엄연한 공무원들이다. 그래서 우리는 당당히 그들의 조직의 운영에 '이 의가 있다'고 외칠 수 있어야 하지 않을까.

아쉽게도 이 책『대법원, 이의 있습니다』는 미완의 개혁에 그친 이용훈 대법원장의 기록만을 담고 있다. 노무현 대통령 이후 이명박, 박근혜 두 대통령 시대를 관통한 양승태 대법원장 시절의 차기작도 꼭 출간되면 좋겠다.

거절의 기술

인人과 간間. 그래서 인간. 사람 사이에 있기 때문에 우리는 존재론적으로 사회적 동물이라는 정의를 내린다. 사실 그렇다. 홀로 있다는 것은 얼마나 외로운가. 끝없는 고립감 속에 고통받는다. 요즘에야 혼밥 혼술 혼영 등의 '홀로 시대'라고는 하지만, 끝없이 모든 것을 혼자 해야 한다면 얼마나 슬플 것인가.

우리 사회에서 인간관계의 끈적거림은 다른 문화보다 특별히 강한 것 같다. 흔히 찌개 문화로 일컬어지는 점성이 높은 문화. 다른 이들과 반찬과 찌개를 나누며 한 밥상에서 먹는 밥을 시작으로, 우리는 끝없이 서로에 대해 궁금해한다. 나이가 몇 살인지, 어느 동네에 사는지, 애인은 있는지, 사는 집은 자가인지 전세인지, 심지어 아버지는 뭐 하시노 하는 질문까지. 관심을 넘어 관음증이라고까지 생각될 때가 있을 정도로 우리는 타인을 속속들이 알고 싶어한다.

이러한 문화는 우리의 마음속에 아주 오랜 시간 뿌리깊게 박혀 있다. 개인주의라는 말은 결코 긍정적인 이미지가 아니다. 맡은 일까지만을 깔끔하게 처리하고 칼퇴근하는 동료, 개인적인 일을 결코 이야기하지 않는 팀원에게는 '정 없는 사람'이라는 일갈이 돌아가기 일쑤다.

242

꽤 부정적이고 강력한 '정 없음'이라는 수사. 그래서 우리는 살면서 이 정을 지키기 위해 여러 가지를 희생하고 있진 않을까. 먹고 싶은 것, 가고 싶은 곳, 해야 하는 것, 하기 싫은 것까지 남들의 의견을 구하고 서로 신세를 져야만 마음이 편하다.

오늘 〈차이나는 클라스〉 강의는 '거절의 기술'에 관한 것이었다. 거절을 잘하는 것이 현대인의 필수 기술이며, 우리가 꼭 남의 부탁을 들어줄 필요는 없다는 것. 가장 현명하게 거절하는 기술이야말로 꼭 필요하다는 요지의 강연.

그래, 사실 그렇지 않나요. 우리는 세상 모든 일을 다 들어줄 것만 같던 사람이 차갑게 돌변하고, 나를 잘 챙겨줄 것 같은 이가 가장 충격적인 배신을 때리는 경우를 많이 보지 않습니까. 차라리 우리 모두 이 점도를 조금 낮추어 서로 서운해한다거나 곤란하게 하는 일이 없으면 더 편해지지 않을까요.

어차피 열 명이 있으면, 두 명은 우리를 좋아하고, 한 명은 뭘 해도 싫어하며, 일곱 명은 나에게 관심도 없다고 하잖아요. 우리는 너무 우리의 진짜보다 착한 사람이 되기 위해 노력하며 눈치보고 사는 것은 아닐지.

가기 싫은 해외 출장

오래간만에 떠나는 해외 출장. 처가댁에서의 이야기가 생각난다. 장인어른이 해외 출장을 떠나고 남편이 너무나 보고 싶어 울면서 전화를 하셨다는 장모님. 매일매일 장인어른이 퇴근하는 시간에 맞춰 하루도 빠짐 없이 버스 정류장에 소영이와 처남을 데리고 마중나갔다는 일화도. 사랑이 가득한 부부 아래에서 자란 아내도 날 떠나보내기 싫어 많이 힘겨워한다. 여행을 참 좋아하고 외국 나가는 걸 좋아하는 나 또한 이번엔 놀랍게도 뭔가 내키질 않는다. 아침에 짐을 싸다보니 괜스레 가기가 싫어졌다. '안 가고 싶다.' 아주 솔직히.

짐을 싸고 거실에서 차를 기다리는데 소영이 눈을 비비며 나온다. 늦잠자서 미안하다는 소영. 일부러 깨우진 않았다. 이게 소영의 매력이지. 소파에서 잘 갔다오겠다고 한참을 안고 있었다.

인천공항에는 눈이 참 많이 왔다. 영하 15도의 날씨. 비행기가 세 시간을 연착했다. 라운지에 있던 영국인과 대화를 했다. 메이저 석유회사의 엔지니어들이었다. 제1세계의 백인들. 투덜대는 그들에게, 국내에서도 이런 이상기후는 아마도 처음이라 그런 것 같다며 나도 모르게 "Sorry for the wheather"라고 했다. 그들은 니가 왜 미안해, 하지만 고마워, 우린 이참에 하루 더 휴가 나올 것 같아, 즐겨야지, 라고 대답하고 먼저 비행기를 타러 갔다.

그래, 내가 왜 미안해야 해, 어차피 나의 일도 아닌데, 하면서도 내 나라가 조금이라도 밉보이는 건 싫었던 아주 이중적인 마음. 어제 들은 '거절의 기술' 강의가 생각이 나서 피식 웃고 말았다.

1시에 떠날 예정이던 비행기는 4시나 되어서야 출발했다. 타자마자 피곤함에 곯아떨어졌다. 프랑크푸르트까진 11시간. 지금은 몽골을 지나고 있다. 소영이는 뭐하고 있을까.

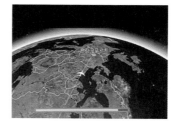

우리의 소원은 통일

귀국길 비행기에서 『우리의 소원은 전쟁』을 읽었다. 역시 장강명이라는 생각이 들었다. 영화로 제작하고 싶은 마음이 들었다. 한 챕터 한 챕터 장면을 떠올리며 읽기 좋은 소설이었다. 비행기에 내려 검색해보니, 이미 제작 확정.

이 책을 읽으며 또 한번 절감했던 건, 우리가 기대고 있는 문명이라는 안전망이 실제로는 매우 위태로운 약속하에 있으며, 아주 조그마한 균열로도 우리가 지탱하고 있는 모든 것들은 쉽게 무너질 수도 있다는 점이었다.

생각해보면 그렇지 않나요. 마트에 쌓여진 수많은 음식들, 누구나 돈을 지불하고 그 식료품을 집으로 가져갑니다. 장을 볼 때 우리는 카트에 짐을 담아 줄을 섭니다. 그리고 계산대 앞에서 차례를 기다리죠.

하지만 전쟁이 일어났다고 생각을 해봅시다. 우리는 과연 돈을 들고 가만히 줄을 서서 기다리며 라면과 물을 사 오게 될까요. 대피 도구들이 가득한 배낭을 메고 아무 일 없이 유유히 길을 걸어 집에 돌아갈 수 있을까요.

소설의 한 줄입니다.

　사흘 굶고 도둑이 되지 않는 사람은 아무도 없었다.

통일. 저는 반드시 해야 한다고 생각합니다. 평화가 주는 혜택이 너무나 크다고 보기 때문입니다. 군대에서의 2년, 과다하게 지출되는 국방비, 투자를 망설이게 하는 코리아 리스크, 이산가족의 설움, 무엇보다도 우리 모두의 마음속에 깊이 자리잡은 긴장감과 스트레스, 결국 통일을 통해 훨훨 벗어던질 수 있지 않을까요.
물론, 갈등과 혼란을 걱정하는 분들도 많습니다. 타당한 지적이죠. 그렇다면 통일 이후의 일들을 그린 이 소설 같은 시나리오들을 읽고 다 함께 마음의 준비를 해보면 어떨까요. 영화 〈강철비〉도 좋고요. 아무튼 영화로 나오면 재미있겠네요, 이 책.

한식의 세계화를 위해 많은 사람이 노력하고 있다. 세계인들이 우리가 먹는 음식을 즐겨 먹는다는 것은 상상만 해도 즐거운 일이다. 가끔 비행기 안에서 외국인 승객이 비빔밥을 쓱싹쓱싹 비벼먹을 때 뿌듯하지 않으셨나요. 그런데 세계화라는 것을 목표로 우리가 예산과 세금까지 써야 한다면 그것은 문제가 달라진다. 과연 그렇게까지 할 일일까.

전 세계인들이 즐기는 음식은 여러 가지가 있겠지만, 일단 중식을 살펴보자. 13억 인구의 중국인들은 골드러시, 신해혁명, 기업 진출, 노동력 수출 등의 다양한 이유로 오랜 기간에 걸쳐 세계로 뻗어나갔고, 특유의 근성과 끈끈함으로 차이나타운을 형성했다. 전 세계 주요 도시, 그것도 가장 번화한 중심가는 (서울 빼고) 예외 없이 긴 골목 하나를 차지하는 그들의 마을이 있을 정도로 존재감이 대단하다.

화교라는 끈끈한 커뮤니티를 갖고 있는 그들이 중식 부흥이 역사적 사명을 띠고 그곳에 정착했던 건 아니었을 것이다. 그저 각자의 꿈을 갖고 중국을 떠났고, 이역만리 외국에 자리잡았으며, 고향의 그리운 음식을 동포들과 함께 나누고자 누군가 식당을 열지 않았을까요. 처음에는 교민들만 이용했을 그런 가게들. 그런 어느 날, 새로운 음식이 궁금한 현지 사람들이 이곳을 찾기 시작하고, 또 시간이 흘러 그들의 음식에 적응한 현지인들을 위해 긴 시간을 두고 자연스레 요리의 로컬라이징도 일어났다. 지나치게 향이 강한 마라나 샹차이들을 뺀 옵션이 메뉴에 추가되고, 현지의 재료나 조리법들을 받아들여 새로운 음식들이 실험되고 창조된다. 그 과정은 긴 시간에 걸쳐 집단적으로 이루어진 일이었다. 누군가의 의도가 아닌, 찰스 다윈의 '자연 선택'의 진화가 런던 그리고 뉴욕의 차이나타운에서도 일어난 것이다.

내가 즐겨 먹는 청국장, 과메기를 외국인들도 좋아했으면 좋겠다. 하지만 케이푸드ᴷ⁻ᶠᵒᵒᵈ를 널리 알린 것은 절대로 공무원들이 아니다. 드라마 속에서 전지현과 김수현이 맛있게 치맥을 즐기고, 예능 프로그램에서 늦은 밤 허기진 아이돌들이 라면을 끓여먹는 장면을 본 이들이 그 마음과 맛과 느낌을 함께 공유하고 싶어했기 때문이었다.

외국 출장을 마치고 돌아와 아내와 함께 먹는 감자탕. 이 고국의 맛. 아내가 있는 내 조국의 소울푸드. 많은 이들이 또 모르면 어떤가. 조금씩 조금씩 그저 자연스럽게 누군가에게 감동을 줄 수 있다면 그것으로 충분하지 않을까. 지금 나와 소영이처럼.

소고기를 먹는 세 가지 단계

개인적으로 고기의 왕은 '소'가 아닐까 한다. 한때는 '닭'에 미친 적도 '돼지'를 애정한 적도 많았지만 역시 먹고 나면 뭔가 뿌듯한 것은 소고기다. 혹자는 중성지방이 많아 사람 몸에 가장 안 좋다며, 심지어 그걸 구워먹는 것은 가장 미련한 방식이라고 이야기하기도 한다. 그치만요. 그래도 맛있는 걸 어떡해.

자, 지금부터 구워볼까요. 먼저 고기의 맛을 살리는 데 가장 중요한 것은 역시 '에이징'. 공기중의 산소가 살코기 안의 단백질와 결합하면서 아미노산이 숙성되어 맛의 깊이를 더해간다. 에이징을 함에 따라 색깔로도 확연히 알 수 있듯이 고기의 겉면이 선홍빛에서 점차 검붉게 변한다. 이제 구울 준비가 되었다면 '시어링'의 단계에 집중해야 한다. 시어링은 고기가 타기 직전까지 겉면에 불맛을 입히는 것. 에이징은 온도와 습도를 맞춰 시간을 정해 숙성시키기만 하면 되니 간단하지만, 이 시어링에는 까다로운 기술이 필요하다. 고기의 크기와 덩어리의 모양새를 따라 이리저리 굴리면서 일정하게 육즙을 가두고 겉을 바삭하게 익히기란 쉬운 일이 아니다. 사실상 고깃집의 레벨을 가늠하게 만드는 핵심. 최현

석 셰프는 이를 두고 '고기 누룽지를 만드는 과정'이라고 했다. 고기도 구워본 사람이 잘 굽는다는 말이 여기서 나온다.

이제 다 굽고 나면 바로 먹느냐. 노노. 바로 먹는 것은 하수이다. 잘 익힌 고기를 잠시 쉬게 해두는 것이 중요한데, 이를 '레스팅'이라 한다. 먹는 이가 입천장이 델까봐 식히는 것이 아니라, 도마 위에서 고기가 쉬는 동안 익힌 겉면의 잔열로 인해 그 안의 육즙의 맛이 더욱 풍부해지기 때문. 고기 빛깔만 바뀌면 얼른 집어먹는 나 같은 분들께는 심리적으로 가장 견디기 힘든 과정이 되겠다.

이제 다 됐습니다. 그냥 맛있게 먹으면 됩니다. 맛있게 먹으면 0칼로리라고 하더라구요.

이렇게 가족이 된다

처가댁 식구와의 만남. 지은 죄도 없는데 괜히 죄송하달까. 새로운 가족과의 식사가 처음부터 편하지만은 않았다. 솔직히 말하면 지금도 적응하는 중이다.

우리집과는 180도 다른 문화와 문법으로 대화하는 이들. 그래서 처음엔 장인 장모님이 오해를 많이 하셨다. 가만히 있는 것이 '묵언의 동의'이기도 한 우리집과는 달리 처가에서는 침묵이 '난 관심없어'의 표현이었던 것. 하지만 처음 만났을 때의 어색함을 극복하고 조금씩 자연스럽게 어울리는 모습을 보며 많이 성장했다고 아내가 폭풍 칭찬을 해주었다. 이젠 제법 화제를 이끌기도 하며, 다른 의견을 완곡하게 표현할 줄도 아는 내가 되었다.

그러던 오늘, 내 앞에서 처가댁 식구들이 서로 티격태격하는 모습을 처음으로 보았다. 팽팽한 긴장감 속에서, 묘하게도 기쁜 마음이 들었다. 이젠 나를 편하게 생각하고 있는 것 아닐까.

나도 그들과 이렇게 한 가족이 되어가는 거겠지.

내 가 할 수 있 는 일

방전된 표정으로 앉아 있는 아내. 말을 건넨다.

"소영아, 내가 너를 위해 해줄 수 있는 일은 뭘까?"
"찡찡댈 시간과 자유를 줘."

군소리 없이 꼭 안아주었다. 그리고 반성했다. 이번에도 뭔가 대책을 마련한답시고 운동 같은 걸 권할 뻔했다.

생일. 아내와 함께 베트남에 왔다. 호이안은 17세기까지 동남아의 가장 주요한 국제무역항이었고, 베트남의 실크로드라고까지 불렸던 곳이다. 주로 말레이계에 속하는 참족이 거주하던 곳이었고, 무역이 활발해지면서 점차 국제도시로 변모한다. 뒤를 이어 화교와 일본인까지 가세하며 호이안에는 모든 것이 융합된 독특한 문화가 자리잡는다.

다수의 사람들이 다낭에서 시티투어를 통해 차로 30분 거리인 이곳을 방문한다. 지금은 두 곳의 경계가 모호해졌다. 다낭이 국제무역항으로 부상하면서 차츰 호이안의 중요도도 떨어지게 되었고, 그 덕택에 다행히 옛 모습 그대로의 도시를 유지할 수 있었다.

호이안은 잘 보존된 건물들 특유의 독특한 분위기를 인정받아 유네스코 세계문화유산으로 선정되었다. 마침, 설에 방문한 우리는 이곳의 풍습대로 초를 켠 등을 띄워 행복과 소원 성취를 기원했다.

미역국 대신 쌀국수로 맞이한 생일. 진심으로 괜찮았다. 호이안 야시장에서 선물을 고르라는 아내의 요구에, 한국에서 고르면 안 되겠냐고 애원해보았다. 참, '뗏^節'이라고 하는 명절(우리의 음력 설날)에 베트남에 오는 것은 절대로 피하시길. 문을 연 상점이 거의 없거든요.

그날만 생각하면 아직도

베트남의 수영장에서 영화 〈걸어도 걸어도〉와 〈바닷마을 다이어리〉를 연출한 고레에다 히로카즈 감독의 자서전을 읽는다. 제목은 『영화를 찍으며 생각한 것』. 2016년 7월 〈뉴스룸〉 인터뷰로 국내에 많이 알려진 그의 작품들은 우리에게 가족이라는 주제에 관해 깊은 질문들을 던지는 수작이다. 특히나 인상 깊었던 영화는 〈그렇게 아버지가 된다〉. 키운 정과 낳은 정의 무게감. 오열하며 봤던 마지막 장면의 감동이란……

지금은 거장 감독이 되었지만 그는 외주 제작사의 방송 프로듀서로 경력을 시작했다. 초기에는 교양과 예능을 넘나들며 연출을 했고, 이후 다큐멘터리 감독으로 자리를 잡은 뒤 영화 연출로 대가의 반열에 올랐다. 이 책은 연출가로서 보낸 30년 인생의 추억을 담고 있다. 내용의 초반부, 고레에다 감독은 한 예능 프로그램을 연출했던 초짜 PD 시절의 기억을 떠올린다. 프로그램의 제목은 〈지그재그〉. 여러 분야에서 활약하는 청년들이 외국으로 떠나 새로운 도전을 하며 좌충우돌하는 과정을 보여주는 포맷으로, 우리로 치면 〈윤식당〉과 〈도전! 지구탐험대〉를 섞어놓은 듯한 프로그램.

그는 자신이 만든 카레에 무한한 자부심을 가지고 있는 한 청년과 함께 인도로 날아간다. 카레의 본고장인 인도. 오로지 패기 하나만을 가지고 음식을 통해 현지인들을 사로잡겠다는 청년의 도전기를 담을 예정이었다. 내용의 흐름이 대충 예상되시지 않나요. 고레에다 감독은 근거 없는 자신감에 충만한 그가 현지에서 혹독한 시련을 겪으며 당황하고 부서진 다음, 절치부심+고군분투해 인도인들에게 가까스로 합격점을 받는 여정을 예상하고 그에 맞춰 프로그램을 기획했다.

그러나 고레에다와 제작진은 처음부터 엄청난 난관에 부딪힌다. 녹화 첫날 그 청년이 만든 카레가 인도 셰프들의 극찬을 받아버렸기 때문. 그 청년의 자신감은 근자감이 아닌 이유 '있는' 패기였던 것. 당황한 제작진은 급히 회의를 소집한다. 고민 끝에 한 인도인 셰프를 설득해 재료의 신선함을 문제삼아 시비를 걸라고 부탁했고, 마지못해 그 셰프는 제작진의 부탁대로 그 청년을 몰아붙인다.

그래도 맛있는 걸 어떡해. 김은 처음부터 완전히 새버렸고, 처음부터 원치 않는(?) 극찬으로 시작했던 청년의 카레 도전기는 결국 방송을 타지 못하고 그냥 사장되고 말았다.

이 에피소드를 읽으며 비슷하면서도 또다른 나의 기억을 소환한다. 입사 2년 차, 아침 방송의 리포터 일을 할 때. 열정과 패기로 가득한 신입 아나운서 시절. 나는 PD와 둘이서 호화 결혼식을 취재하러 나갔다. 역시 바로 그림이 예상되시죠. 호화 혼수와 낭비스러운 결혼식의 사례들을 죽죽 보여주다 일부 몰지각한 사람들이 사회적 위화감을 조성하는 게 문제라고 지적하며 맺을 그런 결말.

녹화에 들어가자마자 난 엄청난 자괴감을 느끼고 만다. 호화 결혼식이 사회적으로 지탄받는 일임에는 당연히 동의할 수 있었지만 섭외 과정이 문제였던 것. 인터뷰 장소는 한남동의 고급 드레스 부티크. 담당 PD는 예쁜 드레스를 소개한다는 명목으로 업장을 섭외해놓은 상태였다. 드레스에 대한 질문에 자랑스럽게 디자인과 가격을 말해주는 좋은 인상의 직원. 나는 괴로웠다. 그리고 너무 미안했다. 방송이 나가면 그 친절했던 직원은 당연히 호화 결혼을 조장하는 사람으로 모자이크 처리된 얼굴로 방송에 나갈 터였다. 나는 PD에게 잠깐 녹화를 끊자고 했다.

"이건 아니잖아요. 아무리 호화 결혼이 문제라고 해도 이렇게 하는 건요."
"그렇긴 해도 어쩔 수 없잖아요."
"어쩔 수 없더라도 답을 내놓고 취재를 하면 어떡해요."
"상진씨 말은 잘 알겠는데 방송이 내일이에요."

여기서 외주 제작과 방송국의 갑을 관계를 다 설명하긴 좀 그렇다. 간략히 말하면, 아침 생방송은 매일매일 다른 제작사들이 돌아가며 경쟁하

듯 방송하고 있다. 각각의 꼭지 역시 그 제작사에 소속된 일명 '바우처 PD'들이 알바를 뛰듯 그날그날 한 아이템씩을 맡는 구조. 내가 참여할 때는 여섯 개의 제작사 중 가장 시청률이 낮은 회차를 만든 제작사는 다음주에 쉬어야만 하는 규칙도 있었다. 당연히 더욱더 자극적이고 지극히 일회성인 아이템들이 방송될 수밖에.

나는 담당 부장님께 이 일에 대해서 문의를 드렸다. 돌아오는 답은, 일단 너의 입장을 최대한 이야기한 뒤 잘 협의해보라는 것. 그리고 일단 방송이 내일이니 마무리는 한 뒤 추후에 논의하자는 것이었다. 이렇게라도 이야기해줘서 고맙다는 말씀까지.

부끄럽지만, 결국 그날의 아이템은 그대로 방송을 탔다. 10년이 넘은 지금도 이때를 생각하면 마음이 편치 않다. 방송되는 날, 얼마나 속이 타던지 쥐구멍에라도 숨고 싶었다. 굳이 에마누엘 칸트까지 소환하지 않더라도, 정의를 얘기하기 위해선 그 과정의 정의도 당연히 지켜져야 한다. 하지만, 모두의 인생에는 (그날의 PD님도 당연히 함께) 다 이유가 있는 법이다. 내가 누굴 또 원망하겠는가. 결과가 모든 것을 용서해준다는 방송이라는 필드가 언제나 우리에게 유혹의 손길을 뻗치고 있음을 잊지 말아야 할 것이다.

10년 넘게 방송을 하며 가끔 긴장이 풀어졌다 느낄 때, 그날의 기억을 떠올린다. 고레에다 감독도 그러고 계신 거죠. 수십 년이 지난 그 일을 이렇게 선명하게 회고록에 써놓은 것처럼.

서점으로 선물이 도착했다. 나와 아내의 얼굴로 만든 직소 퍼즐.
정성스럽게 포장된 액자. 그리고 그 속에 있던 손편지. 읽어보니 괜스레
가슴이 뭉클하다. 내가 이렇게 사람들의 사랑을 받아도 될 만큼 훌륭한
사람일까. 문득 처음 방송으로 이름을 알리고 나의 팬카페가 개설되었
다는 소식을 들은 2007년의 어떤 날이 생각났다.

'훈남 아나운서'라는 별칭으로 유명해지면서 점차 인기를 얻어가는 것
에 난 잘 적응하지 못했다. 스스로를 연예인보다는 언론인으로 생각했
기 때문이다. 어리둥절한 마음에 그 팬카페의 회원분들과 살갑게 소통
하질 못했다. 그들의 궁금함을 해소해주지 못했고, 막상 만나면 뻣뻣하
게 서서 정중히 인사를 건넬 뿐이었다. 아마도 당시의 그런 모습 때문에
많은 분들이 상처를 받기도 했을 것이다. 지금 생각해보니 참 많이 죄송
스럽습니다.
물론 연예인임을 선언한 뒤 기획사에 부탁해 팬미팅도 하고, 함께 봉사
활동을 하기도 하고, 직접 요리해 저녁식사를 대접하기도 했지만, 긴긴
시간 한 게 없다고 해도 과언이 아닐 것이다. 가끔 팬들과 잘 소통하고

즐겁게 일상들을 공유하며 잘 지내는 주변 연예인들을 볼 때마다 그들이 참 부럽다. 자책한다. 난 바보처럼 왜 그러지 못할까.

팬들이 보내주신 정성스러운 선물들을 보니 더 많이 보답해야겠다는 생각이 든다. 감사드려요. 표현하지 못해 죄송해요. 저 같은 못난 사람을 애정해주셔서 너무나 고맙습니다!

나의 듬직한 오른팔

내가 애정하는 미드 〈안투라지〉. 한국에서 리메이크되기도 한 작품이라 아는 분들이 많겠죠. 무명의 배우가 할리우드의 톱스타가 되어가는 과정을 그린 드라마. 연예계의 이면들과 사생활들을 솔직하게 그려내 큰 인기를 끌었고 7년 동안 '시즌 8'까지 제작되었다. 제작자는 '뉴 키즈 온 더 블록'의 멤버, 마크 윌버그.

내가 가장 좋아하는 캐릭터는 바로 에릭 머피. 주인공 빈센트 체이스의 매니저다. 그는 섹드립과 약 빤 유머로 가득한 이 드라마에서 유일하게 진지함을 담당하는 캐릭터로, 뉴욕의 피자 가게에서 일을 하던 와중 우연히 체이스의 매니저가 된다.

그는 결코 체이스를 일로 대하지 않는다. 정말로 '인간적'으로 아낀다. 사고뭉치인 그 앞에서 항상 모든 것을 내려놓게 만드는 에릭. '시즌 6' 에서의 체이스는 한국이라면 진작 기획사가 먼저 계약서를 찢자고 할 만한 사고를 끊임없이 쳐댄다. 하지만 에릭은 결코 그를 떠나지 않는다. 항상 곁에서 그에게 따뜻한 미소를 보내고 안아준다.

에릭를 보면 지금 나의 매니저 M이 생각난다. 그가 오늘 SNS에 우울하다는 글을 올렸다. 새벽에 술을 거나하게 걸치고 현자타임이 온 모양이다. 그는 지금 내가 가장 믿고 있는 사람 중 하나다. 같이 일한 지 어언 4년째에 접어든 친구. 어느 날 다른 매니저와 함께 오늘부터 나를 담당하기로 했다며 찾아온 안경 쓴 귀여운 동생. 그 이후 변함없이 (체중은 10킬로그램 늘었다) 내 곁을 지켜주고 있다. 힘들 때도, 기쁠 때도, 회사를 옮길 때도, 나를 믿고 따라주는 내 오른팔과 같은 존재.

내가 아닌 소리를 할 때 지체 없이 조언해주고, 진심으로 나를 위하는 마음으로 자신의 일처럼 나를 생각해주는 사람이 있다는 것은 얼마나 큰 행복일까. 가끔 그가 없는 나를 생각해보면 아찔하다. 이제는 큰 의사 결정을 할 때, 아내 다음으로 상의하는 내 친구. 나의 에릭 머피.

그와 함께 언제까지나 즐겁게 일하고 싶다. 그의 스트레스가 오래가지 않길.

하루종일 서점을 지켰다. 오랜만의 종일 근무. 둘이 하루종일 있으니 아내는 우리가 마치 〈윤식당〉을 찍는 것 같았다고 한다.

무급 알바를 하며 『나미야 잡화점의 기적』을 읽었다. 히가시노 게이고의 다른 작품들은 많이 읽었었는데, 다들 한다고 하면 나는 안 하고 싶은 청개구리 같은 마음 때문에 괜히 멀리했던 책이다.
그의 작품 중 가장 재미있게 본 것은 『백야행』. 모두를 속인 한 여자의 악행. 그리고 그를 쫓는 서스펜스. 히가시노는 작가계의 '윤종신' 같다. 다작을 하면서도 일정한 퀄리티를 유지해낸다. 그도 무지막지한 워커홀릭인 걸까. 윤 선배의 음악이 '이지 리스닝'인 것처럼 그는 '이지 리딩'이다.
책을 읽다가 또 한번 느꼈다. 이 사람은 참 글을 잘 읽히게 쓰는구나. 그리고 사람들의 마음을 잘 훔치는구나. 과거와 연결된 우체통. 외딴곳에 몰래 들어간 도둑들. 그리고 시공간을 넘나드는 그들의 대화. 한 번도 세상 사람들에게 대접받지 못했던 외로운 사람들이 겪게 되는 힐링 스토리. 서점에서 일을 하며 틈틈이 읽었는데도 이 두꺼운 책을 하루 만에 다 읽었다. 잘 팔리는 데는 다 이유가 있는 법이다.

264

저녁 8시가 좀 넘으니 손님들이 많이 없다. 하루종일 같이 이렇게 서점에 있었던 것이 언제였더라. 아내와 서점이 가야 할 미래에 대해서, 오늘의 저녁 메뉴에 대해서, 잘 팔리는 책에 대해서, 애석하게 안 팔리는 책에 대해서 여러 이야기를 나눴다.

아이고, 무릎아.
아이고, 허리야.

아침부터 묘하게 기분이 좋지 않았다. 아내는 대전으로 강연을 갔고, 나는 혼자 집을 지키며 빨래하고 밥을 해 먹었다. 그러고는 소영의 지시로 고장난 전자레인지를 해결하기로 한다.

전자레인지를 들고 집을 나서 수리점으로 향하는데, 갑자기 걸려온 전화 때문에 길을 잘못 들었다. 연남동을 한 바퀴 돌아 한 시간 만에 겨우 도착했다. 평소 15분이면 가던 거리인데. 그런데 무거운 전자레인지를 들고 올라가니 이곳에서는 노트북과 휴대폰만 수리해준다고 한다. 이런 미네랄.

돌아나오는데 주차 요금 2천 원. 핸들에 잠시 얼굴을 묻고 괴로워하다가 결제하고 길을 나섰다. 다시 연대를 지나 신촌 기차역으로 향한다. 기분이 너무 무겁고 짜증이 났다. 아내가 보고 싶었다.

결국 사고는 일어나고야 말았다. 우회전 차선을 막고 있는 직진 차량을 돌아가려고 차선을 바꾸던 와중에 벌어진 접촉사고. 70퍼센트 이상 옆 차선으로 진입했지만 그대로 돌진한 택시와 부딪힌 것.

우여곡절 끝에 결국 도착한 서비스 센터. 대기표를 뽑고 40분 정도를 기다려 만난 기사 아저씨가 수리할 부품이 없다고 한다. '나는 왜 기다린 걸까. 미리 알려주면 좋지 않았을까' 묻고 싶었지만 웃음밖에 나오지 않았다. 결혼하면서 장만한 전자레인지. 구입 연월을 물으셔서 작년 4월 중순이라고 했다. 그랬더니 온라인에선 신제품이지만 출고된 지 꽤 지난 보증이 안 되는 구형 모델이어서 온라인에서 구입한 증명이 필요하다고 했다. 내역을 보내주면 수리비는 4만 원 선에서 조정해줄 수 있다고 하는 기사님. 나는 집으로 터덜터덜 돌아와 인터넷을 뒤졌다. 수많은 가격 비교 옵션 중에서 고른 전자레인지의 구매내역을 찾기란 쉬운 일이 아니었다. 한참을 뒤져도 나오지 않았다.

그때 보험회사에서 연락이 왔다. 블랙박스 영상을 보내달라는 것이었다. 포맷이 달라 영상 재생이 안 된다고. 이제 마이크로 SD 카드 리더기도 사야 하는 건가.

사고 소식을 들은 아내에게 전화가 왔다. 소속사에서도 전화가 왔다. 괜스레 눈물이 났다. 기운이 빠졌다. 격렬하게 더욱더 아무것도 하고 싶지 않았다. 허탈한 마음에 한두 시간을 멍하니 앉아 있었다. 그후에 퍼뜩 드는 생각, 그래, 맛있는 밥을 먹자.

부랴부랴 냉장고에서 김치를 꺼내고 돼지고기를 꺼내 찌개를 끓였다. 무언가에 집중하니 묵직한 어수선함들이 조금씩 사라지기 시작했다. 그렇게 두부를 썰고, 파를 썰고, 김치를 끓이고, 계란을 풀고 햄을 넣어 계란말이를 하면서 마음이 조금씩 풀렸다. 아내가 돌아와 맛있게 먹는다면 그것으로 행복할 것 같았다.

길고 긴 하루였다. 행복하게 밥을 먹는 아내. 그리고 오늘 있었던 일에 대해 나누는 소소한 대화. 그걸로 된 거지 뭐.

잘 하 고 있 어 , 너 무 멋 져

"나 스스로가 걱정돼."

아내가 연일 일에 치인 모습을 보며 나도 하던 생각이었다. 이러다 방전되지는 않을까 걱정하는 아내.

어떤 일이든 궤도에 오르기까지, 필요한 모든 것들이 체계를 갖출 때까지, 온전히 그 책임은 주인장의 몫이다. 조그마한 일 모두를 결정하고 처리해야만 한다. 하지만 집기를 주문하고, 재료를 챙기며, 창고를 정리하고, 장부를 만드는 일에만 빠져 있다보면, 우리가 만든 공간의 철학과 방향성을 고민하고 결정하는 더욱더 중요한 가치에 대해 생각할 여유가 사라진다. 아내의 걱정은 그곳에서 출발한다. 모든 것이 처음인 서점의 일들. 스스로 숲을 보지 못하는 우를 범할까봐 고민에 빠진 것이다. 사실 마음 편히 즐기면서 사는 인생을 모두가 바랄 것이다. 아내는 항상 잘하고 싶은 마음이 가슴을 떠나지 않는다고 했다. 자신을 힘들게 했던 사람들에게 보란듯이 잘되는 모습을 보여주고자 한다. 작지만 자신에게 보내는 기대와 관심 이상의 성과를 내고 싶어한다.

하지만 그것 때문에 지금의 고통이 지속될까봐 걱정된다. 그리고 이런 스트레스가 지속되는 것을 두려워하고 있었다.

하지만 난 일보다 아내가 우선이다. 부담에 사로잡혀 고민이 그녀를 갉아먹지 않았으면 좋겠다. 아내는 공짜를 좋아하지 않는 사람이다. 무엇이든 스스로의 힘으로 해내고 그 결과에 안주하지 않고 끊임없이 노력하는 이. 결국 궁극적으로 내가 원하는 것은 그녀의 행복이다. 짧게는 서점에서 보낼 하루하루의 소확행, 길게는 그녀가 원하는 큰 성취를 다 이룰 수 있기를.

"잘하고 있어, 너무 멋져."

이렇게 말하고 나를 돌아본다. 내가 내 자리에서 남편으로서 잘하는 것. 내 일을 잘 해내는 것. 그리고 그녀의 일에 내가 도울 수 있는 부분이 있다면 기꺼이 최선을 다해 도와주는 것밖에 없겠지.

"근데 너무 잘하려고 하지 않아도 돼. 언제든지 후회가 없게 노력하고 또 원하는 결과가 나오지 않더라도 잘 이겨내자."

독 서 는 우 리 를

영화 〈변호인〉에 나오는 유명한 장면. E. H. 카의 『역사란 무엇인가』를 읽었다는 이유로 체포된 야학생들. 군부 독재하의 검찰은 E. H. 카가 소련에 오랫동안 살았던 전력을 문제삼아 빨갱이로 몰고, 그 책을 읽은 학생들을 국가보안법 위반으로 체포한다. 하지만 E. H. 카는 역사학자 이전에 영국의 외교관이었으며 주소련 대사로 모스크바에서 근무했을 뿐이었다. 엄혹한 시절에 있었던 말도 안 되는 사상검증을 상징하는 유명한 장면. 송강호 배우의 소름돋는 원테이크 연기는 볼 때마다 감탄을 금할 길이 없다.

최근에 읽은 한 책에 대한 발언으로 하루종일 남초사이트 도마 위에 올랐던 아이돌 후배의 기사를 보며 문득 그런 생각이 들었다. 누구를 좋아하고, 팬으로 활동하는 것도 그리고 싫어한다고 하는 것도 절대적으로 본인의 자유다. 당연히 '탈덕'까지 본인의 자유. 하지만 어떤 책을 읽는 행위 또한 침해받을 수 없는 그 사람의 자유이며, 그 책을 읽는다는 것으로 그 사람을 어떻게다고 판단할 자유까지는 그 누구에게도 없다.

꼭 따져 묻고 싶다

이명박 전 대통령의 구속이 결정되었다. 그가 자택에서 구치소로 향하는 생방송을 보았다. 그의 멘토였던 최시중 방통위원장을 필두로 진행되었던 일들. 덕분에 추운 겨울 찬 바닷가에 주저앉아 파업 구호도 외쳐보고, 명동에서 전단지도 돌려봤다. 세상 인연 없을 것 같았던 민중가요 가사들도 다 외웠고, 국회 계단에 앉아 목놓아 울기도 했다.

그런데 오늘, 생각보다 무덤덤했다. 신기하리만치 아무런 감정도 느껴지지 않았다. 다만 내 눈에 콕 박혀 떠나지 않는 장면, 그것은 장남 이시형 씨가 오열하는 얼굴이었다. 1978년생. 나와 비슷한 연배에 이미 2015년 기준 2조에 넘는 매출을 기록한 '다스'란 큰 기업을 사실상 지배하고 있다는 의혹을 받고 있는 사람. 그는 왜 눈이 시뻘게지도록 울었을까? 뭐가 그리 슬펐을까?

수백 대가 넘는 카메라들이 자신을 지켜보는 줄 알면서도 자신의 감정을 숨기지 못했던 여린 사람(으로 추정한다)인 그에게 묻고 싶어졌다. 용산 참사나 쌍용자동차, 한진중공업에서 일어났던 일들을 어떻게 생각하는지. 그 당시 뉴스에 나온 사람들의 참담한 삶을 무슨 느낌으로 보았는지. 꼭 따져 묻고 싶어졌다.

273

아내의 새로운 북 큐레이션 도전

하바 요시타카. 일본의 유명한 북 큐레이터이다. 책으로 하는 큐레이션. 미술품으로 공간을 채우듯 책을 선정해 공간을 디자인하는 일이다. 그가 유명해진 것은 츠타야 롯폰기점의 큐레이션에 참여하면서부터이다. 한국에서는 현대카드 트래블 라이브러리를 작업했다고 한다. 그가 강조하는 것은 공간의 쓰임새에 맞춰 사람의 마음을 움직이는 책을 제안하는 것. 단순히 자신이 재미있게 읽었던 추천 컬렉션을 전시하는 데 그치지 않는다. 그는 일본에서 이를 전문으로 하는 회사를 운영중이다.

이번에 아내가 북 큐레이션에 도전한다. 공덕에 생기는 부티크 호텔 'GLAD'에 들어설 서가의 장서를 선정하는 일을 아내가 맡은 것이다. 지금까지 본인의 이름을 걸고 이런 일을 했던 이가 국내에 아직 많지는 않기 때문에 많이 힘들어하고 있다. 상담할 사람이 아무도 없는 상황에서 장소에 대한 정의부터, 고객의 취향을 예측해 그들에게 맞는 책들을 고르는 일을 혼자서 해야 한다.

아내는 컬렉션에 넣을 책들을 고민하다 문득 『총, 균, 쇠』라는 책에 대해 물어왔다.

274

"어려서 읽어 기억이 잘 안 나는데, 『총, 균, 쇠』에 대해 어떻게 생각해?"

우리가 '당인리책발전소'를 처음 열었을 당시 세 권을 들여와 5개월이 지난 지금까지 단 두 권만이 팔린 채 아직도 한 권의 재고가 남아 있는 그 책. 아는 사람은 많지만 끝까지 읽은 사람은 아무도 없다는 재레드 다이아몬드의 역작.
폴리네시아의 문명을 오랜 기간 동안 연구해왔던 UCLA 교수인 재레드 다이아몬드. 문득 그의 뉴기니인 친구 얄리가 질문을 던진다.
"당신네 백인들은 그렇게 많은 화물Cargo들을 발전시켜 뉴기니까지 가져왔는데 어째서 우리들은 그런 것들을 만들지 못한 겁니까?"
당연한 듯 받아들였다면 지나칠 수 있겠지만 얼마나 자연스러운 의문인가. 다 거기서 거기인 인간들이 모여 사는 국가들 가운데, 왜 누구는 발전하고 도태한 걸까? 이 책은 그런 근본적인 물음에 대한 답변을 다양한 근거를 통해 증명한다.
결론부터 말씀드리면, 그것은 인종의 문제는 전혀 아니다. 역시 인생은 위치 선정이었던 걸까. 우리가 살고 있는 땅에 존재하는 여러 가지 조건들이 결합해 소위 말하는 문화 지체 현상이 발생한 것이다. 그 운명을 가른 대표적인 세 가지가 바로 무기(총), 질병에 대한 면역과 저항력(균), 유용한 도구들(쇠)의 유무였다. 그리고 이 셋이 결국 책의 제목이 된다.

물론 모든 연구나 저작이 그렇듯 이 책에 쏟아진 비판들도 많고 몇몇 오류도 있음을 부정할 수는 없다. 대한민국 관련 언급도 심정적으로 고맙긴 하지만 비약이 크다. 하지만 대부분의 연구들이 다분히 서구 유럽문화의 우수성을 강조했던 것과는 달리 비교적 객관적 시각에서 다양한 문화들을 재조명했다는 것만으로도 이 책의 가치는 충분하다고 본다. 그야말로 고전 중의 고전이며, 이 책을 읽는다면 역사를 보는 눈이 한 단계 올라갈 것임을 확신한다.

여기까지 이야기하고 나니 아내가 말한다.

"응. 뺄게."

좋고 싫음이 분명한 사람

아내가 문득 걱정을 했다. 천장을 함께 바라보며 한숨을 쉰다.
"나는 서점 주인일까, 아나운서일까."

내가 지금까지 방송을 하면서 가장 후회되는 점은 바로 무색무취한 인간에 가까워졌다는 것이다. 그저 바르고 무난함 그 자체인 이미지. 굳이 이것이 장점이라면 장점일 수 있겠지만, 항상 좋고 옳은 말만 하는 사람의 이야기는 솔직히 재미가 없다. 난 그저 쌀로 밥 짓는 소리를 하는 사람이 되어버린 건 아닐까.
수많은 음식 프로그램들 가운데 시청자들이 〈수요미식회〉에 열광했던 이유는 솔직함이었다. 이건 내 취향 아니에요, 솔직히 그건 그래요. 할 말을 하는 냉정한 평가들을 들으며 외려 시청자들은 더 믿음을 느끼고 그곳을 찾아가게 됐다.

하지만 난 그러지 못했다. 〈찾아라! 맛있는 TV〉를 진행하던 4년 동안 수많은 음식들을 접하며 싫다는 이야기를 한 번도 하지 못했던 것이 사실이다.

'그래 내 생각이 다를 수도 있어. 누군가 열심히 만든 음식인데, 맛은 상대적인 것이고 주관적인 것이잖아. 비록 마음에 들지 않지만 장점을 찾아보자.'

한참 시간이 지나고 나서야 돌이켜보니, 그렇게 다양한 음식들을 먹으면서 이건 싫어요, 맛이 없어요, 라는 말을 하지 못했던 것이 못내 아쉽다. 2010년 이전의 방송 분위기는 다들 그러기만 한 것도 요인이었을까요. 뭐, 변명이겠지만.

요샌 솔직해야 한다. 좋고 싫음이 분명한 모습에 사람들은 더 귀를 기울인다. 좋은 티도 더 많이 내야 한다. 도라에몽을 좋아하는 심형탁님이나 술을 좋아하는 박나래님처럼, 어떤 주제를 마주했을 때 가장 먼저 떠오르는 누군가가 된다는 것은 참 중요한 일이다.

나는 머리로는 알면서도 그러지 못했다. 항상 나 스스로 중립적이고 가치중립적인 인간이 되기 위해서 무던히 애썼던 탓이다. 예전이나 지금이나 좋고 싫은 것을 사람들 앞에서 분명히 말하는 용기가 왜 내겐 없었을까.

사치스러워 보일까봐 옷 사는 것을 좋아한다는 말도 못했고, 반감을 느낄까봐 B급 영화를 좋아한다는 이야기도 하지 못다. 연어와 장어 냄새를 맡는 것조차 싫어하면서도 티 내지 않고 그렇게 꾸역꾸역 먹으며 수도 없이 엄지손가락을 치켜들었다. 나 만화책도 되게 많이 본다. 『몬스터』와 『Let's Go!! 이나중 탁구부』는 내 인생의 책이다.

아내에게 말했다. 방송도 하면서, 꿈꿔왔던 서점도 운영하고, 또한 방탄소년단의 정국이를 덕질하면서 삶의 위로를 얻으며 열심히 살아가는 모습들이 좋아 보인다고. 그게 솔직해 보인다고. 앞으로 더 좋고 싫은 것을 분명히 드러내면서 지금처럼 잘해나가길 바란다고.

"언젠가 내가 힘들 때 다시 또 이 조언을 해줘. 고마워."
아내는 이렇게 말하고 잠이 들었다.

아나운서를 꿈꾸는 세 명의 후보생들이 서점으로 찾아왔다. 초롱초롱한 눈빛으로 아내를 쳐다보며 한 마디라도 더 듣고 싶어하는 이들의 모습에서 슬몃 내 예전의 시간들이 떠올랐다.

방송이란 가장 환상이 많은 분야일 것이다. 텔레비전에 출연해 예쁘게 분장을 받고 화려한 조명 아래에서 짐짓 멋있는 척 세상일에 대해서 논할 수 있는 아나운서라는 길. 누구나 그런 모습을 꿈꾸며 이 일에 도전한다. 나 또한 그랬으니까.

신입 연수를 끝내고 맡았던 첫 일은 바로 아침 종합뉴스의 스포츠 코너였다. 6시 50분쯤 들어가야 하는 10분짜리 꼭지 뉴스 〈스포츠 투데이〉.

전날부터 잠을 설쳤다. 선배가 했던 방송 테이프를 돌려보고 또 돌려보면서 설레는 마음으로 밤을 꼬박 지새웠다. 난 새벽 5시쯤 집을 나섰다. 당시 살았던 여의도 집에서 MBC까지는 걸어서 15분. 상당히 찬 아침 공기에 정신이 바짝 들었다. 거리엔 생각보다 사람들이 많았다. 남들보다 이른 시간에 새벽을 여는 사람들의 모습들. 낯간지럽지만 이들에게 즐거운 뉴스로 기운을 드려야겠다는 다짐을 하던 때였다.

먼저 도착한 곳은 6층 아나운서국의 의상실. 사무실엔 전날 숙직을 했던 선배님 두 분만이 앉아 있었다. 힘차게 인사를 드린 뒤 탈의실로 가서 직접 옷을 갈아입었다. 코디가 챙겨놓은 수많은 옷걸이 중 내 이름표가 있었다.

1층 분장실로 내려갔다. 뉴스 코너를 담당하는 선배 방송인들부터, 이어지는 생방송에 출연하는 리포터들과 MC들. 북적이는 서울역에 처음 상경한 사람처럼 분장실 선배님들께 쭈뼛쭈뼛 어떻게 하면 될지 물어보았다. 방금 출연 기자의 분장을 마친 한 선배가 어서 이쪽으로 오라고 손짓하셨다. 거울 앞에 앉아 파운데이션을 바르고 분을 칠한 뒤 눈썹을 그리니 10분 만에 분장이 끝난다. 처음 받아보는 분장이 너무나 어색하다. 가렵고 답답해 사정없이 얼굴을 긁어내고 싶었다.

원고를 받으러 올라간 5층의 보도국. 뉴스를 준비하는 부조정실은 전쟁터 같다. 수많은 출연 기자들이 각자의 원고를 수정하고 있고, 스태프들은 뉴스 테이프를 들고 이곳저곳을 뛰어다닌다. 그런데 원고를 챙겨주는 이가 보이지 않는다. 너무 정신없어서 누구인지 기억도 잘 나지 않았다. 지난번에 분명히 인수인계를 받았었는데.

물어물어 어렵게 건네받은 원고. 스튜디오에 들어가니 멋진 두 앵커의 건너편에 내 자리가 있다. 리포트가 나가는 동안 반갑게 맞이해주는 선배들. 화려한 조명이 비춰진 메인 앵커석이 고급 레스토랑 같다면 내 자리는 무허가 포장마차 같았다. 조그만 책상에 덩그러니 놓인 마이크. 떨리는 마음으로 자리에 앉아서 소리나지 않게 예독을 해봤다.

시간이 되자 메인 앵커를 잡던 카메라 선배가 내 쪽으로 카메라를 돌린다. 매일매일 새벽 뉴스를 담당하는 카메라 선배의 얼굴에서 천년의 피곤함이 느껴졌다. 당연하다. 이 새벽에 나와 두 시간 가까이 뉴스의 그림을 잡는 일은 얼마나 힘들 것인가. 그 선배님이 손짓으로 옆으로 이동하라는 지시를 내렸다. 사실 아무 말도 없으셨지만 절도 있는 손동작이 분명히 그렇게 하라는 것 같았다. 내 뒤에 있는 화면과 적절한 구도를 맞추기 위한 작업이라고 생각하고 열심히 옆으로 의자 바퀴를 밀었다. 그런데 문제는 마이크 선의 한계로 더이상 갈 수 없는 곳까지 이동해야 했던 것. 나는 1초 동안 카메라 전체가 이동을 하는 것이 조금 낫지 않을까 생각했지만, 이 세상의 모든 번뇌를 다 가진 그 선배의 얼굴을 보며 차마 그 이야기를 꺼내지 못했다. 결국 나는 셔츠가 옆으로 돌아간 채로 첫 방송을 마쳤다.

뉴스를 마치고 나오는 길에 사람들에게 수고하셨다는 인사를 건넸지만, 아무도 나라는 존재를 쳐다보지 않는 분위기였다. 쿵쾅거리는 심장을 부여잡고 사무실에 돌아와 나는 생각했다.

'이 동네 일, 만만치 않겠구나.'

아픈 손가락 같은 내 동생

서점에 걸린, 내 동생 오하루 작가가 그린 도라미 그림을 본다. 세상일이 원래 맘 같지 않은 거라지만, 내 동생을 생각할 때마다 나는 참 미안해진다.

나는 그에게 대하기 어려운 오빠다. 도움을 준답시고 했던 나의 행동과 말들로 인해 동생은 나를 어려워한다. 재능이 많고 능력이 많은 친구. 명문대 미대를 졸업해 프랑스로 유학을 떠났고, 긴 시간을 보낸 뒤 돌아와 성공하길 바랐다.

하지만 그는 깊은 상처를 안고 돌아왔다. 유학 시절 겪었던 외국인 동료들과의 불화, 알제리 이민자들에게 습격당했던 사고와 타지에서 겪었던 외로움…….

유학을 마치고 돌아와 같이 살았지만 그는 그만의 세계로 들어가버렸다. 방문은 항상 닫혀 있었고, 아침 일찍 시작하는 나와는 다른 시간대를 살았다. 사진을 하는 주변 선배들을 통해 스튜디오에서 일을 시작했지만 오래 버티지 못했다. 성격이 급한 나와 달리, 일감을 가져다주어도 쉽게 받아들이는 일이 없었다.

넉넉지 못한 살림에 딸을 유학 보냈던 우리집의 상황을 생각하니 나는 더욱 그가 못마땅했다. 그래서 우린 결국 모든 것을 이해해주는 다정한 오빠 동생이 아닌 잔소리하고 다그치는 관계가 되고 말았다.

그런 동생에게 아내가 있어 다행이다. 항상 밝은 웃음으로 사람을 대하는 아내. 나보다 더 동생의 가치를 알아보고, "아가씨는 정말 훌륭해, 대단해"라는 말을 입버릇처럼 한다. 나와 함께 있을 때와 소영이와 있을 때의 그 표정 변화란. 둘이 더 자매같다.
"동생에게 잘해줘서 고마워. 난 쉽지 않을 것 같아."

누구보다 착한 내 동생. 예전에 내가 그녀에게 바랐던 '세속적' 성공 대신, 진짜 원하는 일을 하며 행복을 찾길 바란다. 그래, 우리 모두 맘 편히 행복하려고 사는 거니까.

● 오하루 작가의 대표작 중에는, 지금은 대통령인 당시 문재인 후보의 포스터도 있습니다.

'역사는 승자의 기록이다'라는 말이 있다. 권력과 힘의 이동으로 결정된 우리 인류의 삶의 기록, 역사. 길고 긴 이 시간 동안, 이 기록을 주도했던 것은 지속적으로 권력 대결에서 승리를 차지했던 다수의 남자 캐릭터들이었다.

하지만 테오도라나 선덕여왕처럼 역사 속엔 엄연히 시간의 수레바퀴의 방향을 결정했던 여성들도 존재하며, 그들 또한 마땅히 역사의 주목을 받을 필요가 있다. 재미있는 것은 역사 속의 주요 여성 캐릭터들이 점차 시간의 흐름에 따라 주로 악녀와 조력자의 위치에서 어엿한 지도자들의 모습으로 등장한다는 것.

이 책 『처음 읽는 여성 세계사』는 평등과 여권을 부르짖는 책은 결코 아니다. 다만 지속적으로 여성들을 억압했던 역사적 기록들 그리고 공자 혹은 볼테르 등이 남겼던 수많은 위인들이 남긴 차별적 언사를 알려주며 우리에게 지난 역사를 새롭게 볼 수 있는 기회를 준다.

유녀자여소인위난양야唯女子如小人爲難養也,

286 근지칙불손近之則不遜하고 원지칙원遠之則怨이니라.

여자와 소인은 상대하기가 어렵나니,
가까이 해주면 겸손할 줄 모르고 멀리하는 듯하면 원망을 한다.

공자의 말이다. 우리에게 인과 예를 가르쳤던 사람. 대한민국, 아니 동
북아시아의 모든 사람이 인간관계에서 맺는 수많은 규칙들을 창조해낸
그도 결국 이런 시대적인 한계를 가지고 있던 사람이었다.
이런 관점에서 우리는 경전의 규칙들을 구획화하고 지금에 맞게 재해
석하려는 노력을 해야 한다. 어떤 경전이든 당시의 율법을 반영할 수밖
에 없다. 시대적 한계를 봐야 한다는 것. 경전의 권위에 도전한다는 논
란보다는 과거에 있었던 일들을 기억하고 살펴봄으로써 더 나은 미래
를 만드는 데 집중해야 하지 않을까. 우리가 역사를 공부하는 이유는 거
기에 있을 것이다.

내가 이 영화를 사랑하는 이유

클린트 이스트우드. 서부의 총잡이. 하지만 요즘 친구들에게 그는 훌륭한 예술영화를 만드는 감독으로 알려져 있다. 내가 가장 좋아하는 그의 영화는 〈그랜 토리노〉. 그는 주연배우로 이 작품에 출연도 했다.

월트 코왈스키. 아내를 떠나보낸 그는 자동차 회사를 은퇴한 뒤 조용한 마을에서 혼자 살고 있었습니다. 어느 날 옆집으로 중국인 가족이 이사 오며 영화가 시작되지요. 그는 사람들로 북적이며 주변을 시끄럽게 만드는 중국인들이 너무나도 못마땅합니다. 항상 단정하게 차려입은 버튼다운 셔츠에 치노 팬츠. 한 올의 오차도 없이 완벽하고 깔끔하게 정리된 차고에서 오래된 1960년대식 그랜 토리노를 반짝반짝하게 손질하고 광을 내는 것은 성스러운 매일의 일과. 그가 가장 사랑하는 순간은 해 질 무렵 테라스에 걸린 성조기 아래 흔들의자에 앉아 여유롭게 맥주를 마시는 것입니다.

하지만 몽족 사람들이 마을에 들어온 후로 그의 조용한 평화에 금이 가기 시작합니다. 혼자 사는 그에게 끊임없이 찾아와 음식을 건네고 말을 붙이는 사람들. 특히나 귀여운 옆집 아이 타오는 화를 내며 윽박을 질러도, 태도를 바꿔 너그럽게 타일러봐도 포기하지 않고 끊임없이 그의 일상에 파고들죠. 어떤 날은 그의 차고에 몰래 숨어들어와 그의 화를 머리 끝까지 치밀게 만들기도 합니다.

결국 월트와 타오에게 어떤 일들이 펼쳐졌을까요. 애증의 관계를 계속 하던 그 둘에겐 어떤 결말이 있었을까요. 하……. 제가 이 작품을 인생 영화로 꼽는 이유는, 이 영화에는 한 사람의 삶이 그대로 담겨 있기 때 문입니다. 〈그랜 토리노〉를 통해 그는 팔십 평생의 인생을 고백하고 있 습니다. 이 작품은 이스트우드가 세상에 수줍게 건넨 화해와 속죄의 손 짓입니다.

샷건으로 아이를 위협하고 옆집 가족이 건넨 음식을 쓰레기통에 처박 았던 그가 마지막으로 보여줬던 모습. 혼자 용산의 한 극장에서 코를 홀 쩍이며 봤던 그 손짓. 가슴팍에서 꺼낸 그 무엇. 화려했던 서부의 총잡 이, 인디언을 학살하며 모든 것을 빼앗은 미국의 개척시대를 미화하며 부와 명예를 얻었던 그가 내민 참회의 몸부림.

식민지 근대화론을 주장하며 조상들의 허물을 덮는 친일파들, 제국주 의 침략을 미화하려는 아베 일당들에게 고한다. 이 영화를 보고 좀 배우 시라.

개인방송이라는 새로운 미디어

아내가 갑자기 웹캠을 구매했다. 소영이는 책에 관한 개인방송을 할지 말지 엄청나게 고민중이다. 나는 안 할 거라는 데 5백 원. 근데 여러분, 아세요? 인터넷을 쓰는 행태도 완전히 새로이 재편됐다는 것? 시대가 바뀌어 이제는 그 어떤 검색 포털보다도 유튜브에 사람들이 더 오래 머물고 있다고 합니다. 초록창으로 검색하면 아재라고 한다나.

이 세상 그 어느 곳보다 역동적인 우리나라. 이 빠름이 사랑스러우면서도 버겁기도 하다. 이렇게 빠른 미디어의 전환 속도를 이 세상 그 어디에서 찾을까. 1994년 출발한 〈메자마시 테레비〉라는 포맷으로 아직까지 큰 변화 없이 아침 방송을 이어가는 일본. 그보다 1년 빨리 시작한 〈레이트 나이트 쇼〉의 데이비드 레터맨은 25년째 1인 스탠드업 코미디쇼를 진행하고 있다.

아내와 저녁을 먹으며 공중파 3사의 주중 미니시리즈의 시청률이 곤두박질쳤다는 주변 PD들의 아우성에 대해 이야기했다. 격세지감을 느낀다. 그래도 내가 입사했던 그해, 드라마 〈주몽〉은 60퍼센트의 순간 시청률도 기록했었는데, 이젠 5퍼센트만 넘어도 3사 드라마 중 일등이라고 한다.

별개로 유튜브 개인방송엔 사람들이 몰린다. 요즘 수십만이 넘는 구독자를 거느린 BJ들은 연예인 못지않은 인기와 높은 수익으로 연일 화제가 되고 있다. 기존 방송과는 다른 매력으로 어필하는 BJ들의 개인방송. 유튜브에는 그들만의 감성과 문법이 있고, 여타 공중파나 케이블의 만듦새와 다른 매력이 있다. 약간은 다른 차원의 철학이 통하는 곳이다.

아내는 BJ의 유전자를 갖고 있을까? 소영이와 함께 요즘 큰 화제가 되고 있는 유명 방송들을 보고 있다. 여러 가지 의미로 '깜놀'에 '헐랭'이다. 그야말로 녹록지 않은 곳이다. 아내가 가장 오랜 미디어 중 하나인 책을 팔면서, 동시에 떠오르고 있는 새로운 미디어인 인터넷 개인방송까지 해낼 수 있을까?

하지만 소영이는 답을 찾을 것이다. 언제나 그랬듯.

행복을 찾기 위한 또 하나의 과정

아내의 책이 나왔습니다. 제목은 『진작 할 걸 그랬어』.

문득 연애 시절의 어떤 날이 떠오릅니다. 우리는 경기도 고양시에 있는 소영이의 집 앞에 차를 대놓고 함께 있었습니다. 방송 일선에서 배제당한 채 무기력하게 회사를 다녔던 아내는 그날은 한계에 부딪혔는지 고개를 푹 숙이고 절망에 빠져 있었습니다.
그런 아내를 지켜보며 가장 힘들었던 것은 제가 해줄 수 있는 일이 없다는 것. 그저 좋아지리라는 희망의 말을 반복하며 위로를 건넬 뿐, 나의 무기력함에 한없는 분노가 치밀어올랐습니다.
그렇게 한참을 이야기하다 터덜터덜 집으로 들어가는 아내. 이를 꽉 물고 손이 아프도록 핸들을 부여잡고 때렸습니다. 그렇게 차를 몰아 집으로 돌아왔던 그 밤.

이제, 책 표지에 있는 아내의 웃는 모습을 봅니다. 무거운 짐을 나르고, 모든 걸 결정해야 하는 부담감에 힘들어하고, 때론 은근한 기대와 시샘에 긴장하며 살지만, 사랑하는 직장을 떠나 이렇게 작은 서점을 열며 다시 행복을 찾은 아내. 이 책 또한 그녀에겐 행복을 찾기 위한 또하나의 귀한 과정이겠죠.

아내가 더 행복할 수 있도록 옆에서 남편으로서 조신하게 열심히 도우며 잘 살아보겠습니다. 그래도 기쁩니다. 이젠 제가 도울 수 있는 일이 많아졌으니까요.

새 로 생 긴 직 업 병

주말 나들이. 이태원의 유명한 돈가스 샌드위치집에 들렀다. 저번에 왔
을 땐 자리가 없었는데, 오늘은 운좋게 앉을 수 있었다.

접시 위의 돈가스 샌드위치. 떨리는 손으로 집어 입으로 가져간다. 한입
턱 베어 물으니 처음으로 느껴지는 식빵의 촉감. 의외로 부드럽지 않고
날이 서 있다. 여기서 주저할 수 없지. 지체 없이 조금 더 밀고 들어가는
나의 치아. 바스락! 이제 그 안에 숨겨진 깊은 소스맛과 함께 바삭한 튀
김옷이 느껴진다. 좀더 진도를 빼기로.

헐. 헐. 헐. 앞서 만났던 튀김옷과 식빵은 그저 들러리에 불과했다. 진짜
놀라움은 이제서야 시작. 그것은 다름 아닌 돈가스의 속살. 무지막지한
두께로 주었던 시각적 충격은 서두에 불과했다. 결정타는 바로 맛이었
던 것이죠. 어쩜 이렇게 완벽하게 잘 익혔을까요. 너무나도 아름다운 선
홍빛 속살, 베어 물면 뿜뿜 터지는 그 육즙. 시작부터 마무리까지 돈가
스 샌드위치의 맛은 모든 것이 조화로운 완벽한 예술작품 같았다. 주변
을 둘러보니 모든 테이블에 이 메뉴가 올려져 있군요. 그야말로 시그니
처 메뉴.

한동안 감동에 젖어 있던 우리는 샌드위치를 내려놓고 곧바로 분석에 들어간다. 먼저 식빵의 우유 함량과 두께를 논한 뒤 튀김에 발라져 있는 소스의 조합을 찾아내본다. 우스터 소스와 함께 느껴지는 약간의 매콤함에 대한 논쟁이 시작되었다. 나는 스리라차를 밀었고, 아내는 소량의 고춧가루와 고추기름에 한 표를 던진다. 일반적인 돈가스 샌드위치에 다들 쓰는 마요네즈가 없다는 데엔 쉽게 합의.

자, 이제 가장 중요한 돼지고기. 일단 이런 두께와 모양은 결코 시판되는 제품일 수 없다. 지방이 거의 없는 돼지고기의 안심이다. 대량의 돼지고기를 공수해 적당하고 일정한 크기로 이곳에서 커팅한 것 같다. 아내는 네모반듯하게 만든 비결이 궁금하다고 하는데, 나는 아마도 틀을 써서 두들기지 않았을까 하는 추측을 내놓는다.

그럼 어떻게 튀기는 것만으로 이렇게 속까지 잘 익은 돈가스를 만들었을까? 우리 둘은 동시에 "수비드!"라고 외친다. 그렇다. 이렇게 얇은 튀김옷으로 안까지 익히려면 그 방법밖에 없었을 것이다. 일단 따듯한 물에서 은은히 고기를 익힌 다음 얇게 입힌 튀김옷으로 맛의 화룡점정을 찍는 것. 그…… 그랬겠죠? 우리 둘의 탐정놀이는 여기까지.

우리는 서로의 모습에서 웃음이 터졌다. 그저 맛을 즐기는 데서 끝나지 못하는 우리의 지금. 장사를 하는 다른 분들도 모두 이럴까? 업장의 크기를 보며 객단가와 회전율을 생각하고, 테이블과 의자를 보며 인테리어 비용을 산정해보며, 음식을 먹으며 제조과정을 추리해보는 우리. 모르던 세계에 발을 들여놓으니, 밥 먹는 것 하나도 이렇게 바뀌었다.

"놀려고 나왔는데, 또 일처럼 이러고 있네."
정말 사랑스러운 아내입니다.

우리의 첫번째 결혼기념일

이제 1년이군요. 참 빨리 지나갔습니다. 제 지인들 모두 시간의 빠름에 놀라워하며 축하 인사를 건네주셨습니다. 그래요, 정말 순식간입니다. 작년 오늘, 소영이 손을 잡고 버진로드를 행진했을 때가 바로 어제의 일인 것마냥 느껴집니다. 타임 워프를 한 걸까요.

지금껏 써온 일기들을 하나하나 다시 쭉 읽어봤습니다. 워드프로세서 윈도우 마크 위에 문득 450페이지라는 숫자가 적혀 있군요. '질'에는 자신감이 없지만 '양'은 꽤 됩니다.

거대한 스크롤의 압박을 견디고 읽어내려가며 느낀 감정은 감사함이었습니다. 저는 지금껏 일기를 써왔던 스스로를 토닥거려주었습니다. 한없이 부족한 솜씨지만 매일매일 꾸준히 써내려갔던 지난날의 기록들. 읽었던 책과, 재미있게 보았던 영화, 아내와 함께 떠났던 여행까지. 일기를 통해 잊고 있었던 지난 일상들의 기억이 영사기처럼 긴 호흡으로 눈앞에 다시 펼쳐졌습니다.

결혼기념일 아침, 우린 일찍 집을 나섭니다. 둘 다 오늘 하루를 온전히 비우고 데이트를 하기로 했습니다. 언제나 그렇듯 일정은 오롯이 아내의 뜻에 따릅니다. 계란 샌드위치를 먹고, 아내의 책이 베스트셀러 1위를 차지했다는 한남동의 서점으로 갑니다. 서점 계단을 올라간 순간, 아내의 책이 평대 가장 위에 자리잡고 있었습니다. 뭉클한 감동이 몰려왔습니다. 근처 커피숍에서 차 한잔을 즐긴 뒤 우린 남산에 올라왔습니다. 저희가 결혼을 한 곳입니다.

처음 맞는 결혼기념일에 무엇을 할까 고민하다 우리는 매년 우리의 모습을 사진으로 찍기로 했습니다. 매년 달라져 있을 우리의 모습을 추억으로 남기기로 한 거죠. 공원 한켠에 직접 삼각대를 펴고 사진기를 설치했습니다. 카메라의 수평을 맞추고 삼각대를 설치한 곳을 휴대폰 카메라로 찍었습니다. 아내의 위치에도 표식을 해놨습니다. 긴장됩니다. 처음인데, 잘 찍어야 하는데 말입니다.

타이머를 켜고 아내 곁으로 달려갑니다. 살포시 아내의 손을 꼭 잡습니다. 함께 웃는 얼굴로 카메라 렌즈를 바라보는 우리. 제가 지금까지 써온 이 책의 일상들이 신혼 1년의 기록이 되듯, 우리가 남긴 오늘의 이 사진부터 우린 평생 함께할 또하나의 추억을 가슴에 새기게 되겠죠. 우리는 점차 더 나이들 테고, 아마 사진 속의 사람 수도 언젠간 더 늘어날 겁니다.

아내에게 다짐합니다. 이 기록을 오래오래 함께 남길 수 있도록 장수할 거라고요. 하체운동을 더 열심히 하고, 스트레스는 덜 받겠다고 약속했습니다. 언제나 변함 없는 모습으로 오늘처럼 이렇게 아내의 손을 꼭 잡고 있겠습니다. 햇살이 좋습니다. 그리고 행복합니다.

행복한 웃음소리가 울려퍼지기를

제가 출판사 '달'과 출간을 기획한 것은 무려 5년 전. 저는 여의도의 한 횟집에서 거나하게 취한 상태로 계약서에 도장을 찍었습니다.

저는 저를 위로하고 싶었습니다. 당시 저는 방송 일선에서 배제되어 〈우리말 나들이〉를 연출하고 있었거든요. 이런 상황이 서운하긴 했지만 절망하지 않기로 했습니다. 힘있는 자에게 반항했던 수많은 사람들이 목숨을 잃었던 역사책의 일화를 보며, 이렇게 직장에서 쫓겨나지 않고 목숨을 부지하고 있다는 것은 그래도 우리 사회가 진보한 거 아닐까 자위하며 즐겁게 지내려고 부단히 노력했습니다.

말 한마디 잘못하면 쫓겨나는 엄혹한 시기라 저는 웃으며 사람들에게 인사를 건넸고, 해맑게 사무실에서 책을 쌓아놓고 읽으며 나름대로 충실한 시간을 보냈습니다. 할 수 있는 반항이 별로 없어 이십대 이후로 가장 길게 머리를 길러서 뽀글뽀글 파마를 했었습니다.

무라카미 류의 『69』 마지막 부분 '지은이의 말'에는 다음과 같은 문장들이 있습니다. 저는 하루에도 몇 번씩 펼쳐보며 마음을 다잡았습니다.

즐겁게 살지 않는 것은 죄다.

권력의 앞잡이는 힘이 세다. 그들을 두들겨 패보아야 결국 손해를 보는 것은 우리 쪽이다.

유일한 복수 방법은 그들보다 즐겁게 사는 것이다.

지겨운 사람들에게 나의 웃음소리를 들려주기 위한 싸움을, 나는 죽을 때까지 결코 멈추지 않을 것이다.

서론이 참 길었네요. 그렇게 오로지 나만 위해 이기적으로 시작했던 글쓰기. 누군가를 위한 일이 아니다보니 꽤 긴 시간이 흘렀습니다. 쓰고 싶으면 쓰고, 맘에 안 들면 지우고 버렸습니다. 원고를 쓰고 수정하다 뒤엎기를 수없이 반복한 것이 무려 5년. 기다리는 쪽에서도 쉽지 않았을 겁니다. 저라면 내용증명을 보내든지 밤길 조심하라고 협박이라도 했을 텐데 말이죠.

그 긴 시간을 그저 조용히 믿고 지켜봐주신 출판사 분들께 감사의 인사를 드립니다. 가끔 글을 쓰면서 '내가 뭘 하고 있는 건가?'라는 자괴감이 몰려올 때마다 근거 없는 위로라도 건네주신 것이 엄청난 힘이 됐습니다.

302

무엇보다 감사한 것은 아내입니다. 나보다 더 나은 사람. 항상 나를 깨어 있게 하는 사람. 내 삶의 원동력이자 내 전부. 아무것 없는 진공과도 같았던 나의 글이 이렇게 1년이라는 기간 동안 꽉 채워져 이렇게 책으로 묶여 나올 수 있었던 가장 큰 이유는, 바로 아내의 존재라고 할 수 있겠죠. 소영아, 고마워.

방 안에 앉아 상상합니다. 과연 어떤 분들이 제 글을 읽으실까? 이렇게 만나서 반갑습니다. 부족한 글, 끝까지 함께해주셔서 감사합니다.

여러분, 제가 온 힘을 다해 기도할게요.
우리 모두의 귓가에 더 행복한 웃음소리가 울려퍼질 수 있기를…….

당신과
함께라면
말이야

1년차 새내기 남편
오상진의 일기

초판 1쇄 인쇄	2018년 5월 18일
초판 1쇄 발행	2018년 5월 25일
지은이	오상진
편집장	김지향
기획·책임편집	김지향
편집	이희숙 박선주
모니터링	이희연
디자인	최정윤
마케팅	최향모 강혜연
홍보	김희숙 김상만 이천희
제작	강신은 김동욱 임현식
펴낸이	이병률
펴낸곳	달 출판사
출판등록	2009년 5월 26일 제406-2009-000034호
주소	10881 경기도 파주시 회동길 455-3
✉	dal@munhak.com
🐦🅕🅘	dalpublishers
전화번호	031-8071-8681(편집) 031-8071-8670(마케팅)
팩스	031-8071-8672
ISBN	979-11-5816-078-4 03810

- 이 도서의 국립중앙도서관 출판예정도서목록(CIP)은 서지정보유통지원시스템
  홈페이지(http://seoji.nl.go.kr)와 국가자료공동목록시스템(http://www.nl.go.kr/kolisnet)
  에서 이용하실 수 있습니다. (CIP제어번호 : CIP2018012947)